理
要
在
人
後
kill you
3
作者 小鹿
繪者 迷子燒

目錄

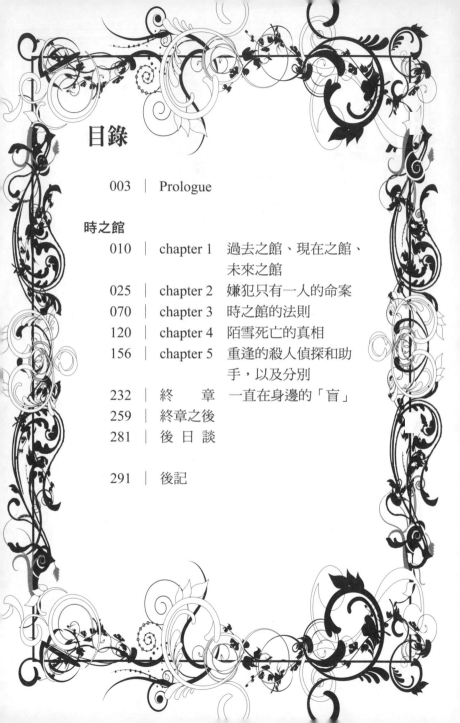

作者
小鹿
繪者
迷子焼

推理要在殺人後
3

190
180
170
160
150
140
130
120
110
100
90
80
70
60
50
40
30
20
10
0
[愛莉莎]
女僕／25歲
「要是你動了殺人的念頭，
請你在殺人前，先把我給殺了。」
總是面無表情，彷彿壞掉的洋娃娃。
從小和莫向陽一起長大，卻從沒給他好臉色看過。
為了幫陌家賺錢，甚至去戰亂地區當了傭兵，
是個神秘又難以捉摸的存在。
MAID

[司馬封]

特殊命案科警察／30歲

「莫向陽，你認為什麼是男人呢？」

生活只有辦案，沒有娛樂，
唯一的樂趣就是抽菸。
這麼拚命的辦案，
是為了不讓如他一般的悲劇發生，
也希望自己哪天因為保護他人而死。
雖然外表看起來很冷酷，
其實意外地會照顧人。

POLICEMEN

Prologue

我的名字由陌雪所贈。
莫向陽——不要面向太陽。
陌雪曾開玩笑地這麼跟我說——

「因為若是你成為太陽，我這片雪不就會被你融化嗎？」

諷刺的是，這句話一語成讖。
我不覺得我曾面向太陽，也不覺得我曾帶給她任何一絲溫暖。
但不是太陽的莫向陽，最後還是粉碎了陌雪的命。
我今年二十五歲，陌雪過世的時間是在十年前，但是和她的初次相遇是在十六年前。
那年，我九歲。

❖ ❖ ❖

從我有意識以來，我就身在孤兒院中。

但是在五歲時，我的人生有了極大的轉折。

人口販子趁孤兒院不注意時，劫走裡頭一部分的孩子。

之後的四年是地獄。

這些孩子被安置在人口販子的聚點處，那裡位於深山，人煙罕至，也因此警方一直沒有來拯救我們。

女孩大多數都被買走。

其餘沒賣出去的孩子，則逐漸因為死亡而消失。

少少的食物、重度的勞動、惡劣的生活環境。

常常一覺醒來，身旁躺著的孩子鼻息就停止了。

這樣的日子持續了四年。

最終，就在孩子只剩下兩個時，陌雪突然出現在我們面前了。

「我來殺你們了。」

陌雪拿著刀子，對著驚訝無比的人口販子露出天真無邪的微笑。

「既然警方這麼多年都沒查到這裡，就表示殺掉你們，不會這麼輕易被發現，對吧？」

陌雪一邊這麼說，一邊揮舞小刀。

沒用幾分鐘，裡頭的十幾個人口販子就全數被砍死。
一開始時，我以為是英雄降臨了。
就跟我看過的所有童話故事一樣。
這個英雄打敗壞人，將我們這些孩子救出生天。
從此，我們過著幸福快樂的日子。
不過很快地，我的幻想就被輕易地打破了。
「…………」
雙眼染成一片血紅的陌雪站到了我面前，將小刀抵在了我的喉嚨上。
強烈的血腥味和金屬氣味從極為接近的距離傳來，讓我一瞬間停止了思考。
被人口販子抓走的這四年來，我過得生不如死。
但是，這四年的時光，都抵不過現在這一剎那。
——死。
死亡竟是可以離自己如此之近的東西。
只要陌雪輕輕一劃，我的生命就會消逝。
過度的恐懼，讓我的血液因為冰冷而凝結，連逃跑和顫抖都做不到。
此時，突然地——
「你運氣很好，孩子。」
雙眼的赤紅消退，陌雪向我露出笑容說道：
「『狀態』解除了。」

「狀……態？」

「簡單說，就是我的殺人衝動在剛剛發洩完了。」

事後我才知道，陌雪的血中有著名為「可愛侵略性」的詛咒，如果不定期殺人，殺人衝動就會支配她，讓她進入「狀態」，成為逢人就想殺的殺人鬼。

「抱歉啊，我不是來救你的。」

陌雪將刀子從我喉頭移開說道：

「我只是極為單純地——來殺人的。」

此時我才發現，即使殺了這麼多人，她的身上依然一塵不染，潔白無瑕地就像是從白色畫布中走出來一樣。

「我不是好人喔，至今為止做過許多次這種事。」

滴答滴答——血不斷從陌雪的刀尖流下。

「要是一個運氣不好，你被我殺掉也是可能的，不過呢——」

陌雪一個轉身，揚起身上的白色連身裙。

「沒被我殺掉，真是太好了。」

看著她純真無垢的笑容，我一時之間就像被電到似的說不出話來。

她的身後滿是屍體，雙腳也踏在滿滿的鮮血上。

但是在我眼中，她依舊是這麼純淨，毫無一絲汙穢。

等到我發覺時，我已拉住她的衣角，跟在離開的她身後。

「跟過來的話，人生會變得亂七八糟喔。」

陌雪這麼說，但是我並沒有放開我的手。

「要是待在我身旁，終有一天會被我殺掉的。」

我搖了搖頭，執拗地跟著陌雪的腳步。

我不知道我為什麼要這麼做。

這個人是殺人鬼——是奪走無數性命的危險生物。

但是，我還是想跟著她。

我一直對此百思不解，但是很多年後，我終於發現了這個問題的答案。

或許，早在我目睹她笑容，聽她說「沒被我殺掉，真是太好了。」的那刻——

我就被她殺掉了。

時之館

chapter 1 過去之館、現在之館、未來之館

「……嗚。」

我摸了摸發暈的頭，坐起身來。

輕微且規律的震動包裹著全身，我往四周一看，發現自己正坐在一輛計程車上。

「你醒啦。」

一道冰冷的聲音從我身旁響起，就像被一桶冷水從頭澆下，我的意識稍稍恢復了清明。

我看了看坐在我身旁的女人。

她穿著黑色為底，白色圍裙的女僕裝，脖子上戴著一個倒十字架的頸飾。

中等身高的她有著銀白色的中長髮，墨綠色的雙瞳，端正的五官精緻得就像是國外的洋娃娃。

「愛莉莎……」

坐在我身旁的是陌羽的專屬女僕——愛莉莎。

「沒事叫我的名字做什麼？你這沒用的東西。」

「………」

許久沒見面，但她的態度依舊很差。

「不是說要守護陌羽大小姐嗎？怎麼從她那邊逃出來了？」

被她這麼一問後，我想起來了。

我在跑出「歿」後，恰巧遇上了回來的愛莉莎。察覺發生什麼事的她，毫不猶豫地給了我一拳，讓我喪失意識。

「我之所以離開陌羽……是因為有諸多不能解釋的複雜原因。」

「什麼原因？」

「………」

「來，離目的地還有一段時間，我洗耳恭聽。」

面無表情的愛莉莎翹起穿著白襪的腳，抱起雙臂。

「自從陌雪過世後，我在陌羽底下工作了十年，所以我想時機也差不多要到了。」

「什麼時機？」

「請『有薪休假』的時機。」

「…………」

雖然不認真看就看不出來，但是愛莉莎還是皺了皺銀白色的眉毛。

「仔細想想，殺人偵探助手的工作也太血汗了吧！」

我握拳激動的說道：

「沒有勞健保、沒有休假和特休，就連手指和腳趾被砍掉，也無法得到任何補償——」

「你不就是知道這些前提下，還主動爭取這份工作的嗎？」

愛莉莎毫不留情地打斷我的話。

「陌羽大小姐可從沒拜託你當她助手過。」

「話不是這麼說的。」

我重新揮舞拳頭，提振精神說道：

「就算沒有功勞也有苦勞吧？我難得休個有薪休假，也一點都不為過——」

「想靠氣勢和裝瘋賣傻蒙混過去，這種招式對我可是完全不管用喔。」

「不，我並不是——」

「到底發生了什麼事？別浪費我時間好嗎？」

「…………嘖。」

我忍不住回擊了。

「就算真的發生了什麼事，也跟妳這個號稱專屬女僕，卻幾乎不在陌羽身邊的人無關。」

「我是在以我的方式為她盡心，你這個號稱助手，卻在關鍵時刻逃跑的人，沒資格指責我。」

「妳這表情缺陷的機械人。」

「你這毫無勇氣的軟腳蝦。」

我跟愛莉莎互瞪著彼此，一時間氣氛劍拔弩張。

到底是什麼因素呢？我跟她的感情從沒好過，每次見面時總是吵架居多。

十六年前，只有我和愛莉莎在那群孩子中倖存了下來。

在我跟著陌雪走後，愛莉莎也跟了過來。

我和她認識的時間比陌家任何一個人都長。

可是明明是從小一起長大的關係，相處起來總是火藥味濃厚。

還是說這就是原因呢？

因為過去的自己曾毫無遮掩地暴露在她面前，所以不管是怎樣的武裝和偽裝都無效，就只能被迫用最真實的自己去面對她。

「真要說的話，愛莉莎妳根本沒資格指責我吧，這些年妳離開『歿』，到底是去哪邊了？」

「去各國當傭兵。」

「啊？」

「我說，這些年來，我周遊各國，在戰亂地區當傭兵。」

「……妳是認真的？」

「要不然你以為『歿』這麼大的宅邸，是怎麼維持住開銷的？」

愛莉莎白了我一眼說道：

「維修不用錢嗎？定期打掃不用錢嗎？要不是我想方設法賺錢維持，你跟陌羽大小姐能安心地在裡頭生活？」

「嗚……」

明明愛莉莎的語氣很和緩，但我就是有股被痛罵一頓的感覺。

「你該不會天真的認為，憑著殺人偵探工作賺取的微薄薪水，就能應付一切開支吧？」

「不認為……」

「所以，為了陌羽大小姐，我選擇了最危險，但也賺錢最快的職業。」

愛莉莎以淡然的聲音說著這一切，就好像這根本不算什麼。

但是即使她不明說，我也能明白這些日子她過得多辛苦。

我不禁默默地移開視線，不敢看她的雙眼。

「對了，剛剛是不是有一個人吵著要薪水和有薪休假？」

「……吵死了。」

「…………唉。」

「會感到羞愧是嗎？看來你還有點救。」

我嘆了口氣，決定不再逞強。

畢竟這在愛莉莎面前，一點都不管用。

「我之所以逃出來，是因為陌羽似乎察覺十年前的事了。」

「十年前……陌雪死掉那天的事？」

「是啊。」

「難怪你會想逃走。」

「嗯……」

「不過，要是你以為我會安慰你，那就大錯特錯了。」

愛莉莎轉過頭去，看向窗外。

「自己的事，自己解決。」

「真是冷淡啊。」

「你知道我跟你最大的不同點在哪邊嗎？」

愛莉莎以冰冷到刺人的語氣，緩緩說道：

「那就是我不會蠢到在你面前，假裝自己是另一個人。」

❖ ❖ ❖

在那之後，我跟愛莉莎一句話都沒說。

車子往偏僻的山中不斷飛馳，在經過不斷搖晃的一個小時後——

「到了。」

一直看著窗外的愛莉莎這麼說。

「到哪裡？不管往哪邊看，這邊都只有樹吧——嗚啊……」

話說到一半的我發出驚嘆聲。

車子一個轉彎後，一道足足有十公尺高的圍牆突然出現在我面前。

車子順著這道圍牆前行，我們很快地就到了一個巨大的鐵門前。

計程車讓我和愛莉莎在此處下車，愛莉莎從懷中取出一張卡片，對準鐵門上的感應器。

「開門。」

鐵門發出「喀答」的解鎖聲後，緩緩打了開。

「妳怎麼會有那張ＩＤ卡？」

「那當然是這座宅邸的主人送我的。」

主人？是誰啊？

但就在我還沒將這個問題問出口時，鐵門就完全敞開，將驚人的場景呈現在我們面前，讓我一時間忘了說話。

「這一棟建築物……是怎麼回事？」

鐵門後方，是整理得十分漂亮整齊的庭院，而在庭院中，矗立著一棟豪華又氣派的歐洲建築。

「不對，其實應該是『三棟』才對。」

愛莉莎糾正我的用詞。

三棟格局、大小完全一樣的正方形房子緊鄰彼此，整齊地並排在一起。

這種建築法已經夠違反常態了，但更詭異的是，這三棟建築物上頭，一扇窗戶都沒有，就像是三個大型的箱子。

「這裡究竟是……？」

我轉頭問向身旁的愛莉莎。

「這裡是『時之館』。」

「『時之館』？」

「是的，傳聞掌握此館祕密之人，就能掌握時間法則，不但能改變過去，也能預測未來。」

「這聽起來也太像是騙人的，妳真的信嗎？」

「要說不信當然是不信的，不過——」

愛莉莎的雙眼一瞬間放出光芒。

「喜愛占卜和傳說，是少女的本能嘛。」

「少女？妳？啊哈哈哈哈哈哈哈哈哈哈！」

忍俊不禁的我不禁捧腹大笑。

「不錯喔！愛莉莎，這麼久沒見，妳的幽默感竟然有長進耶！啊哈哈哈哈哈哈——！」

「…………」

「妳為何要瞪我？難不成妳是說真的，別逗我了！妳這個面無表情的機械人，感情缺損的傭兵，竟然說什麼少女之類的……噗哈哈哈哈。」

「……我找機會一定殺了你。」

笑到流出眼淚的我，沒聽到愛莉莎的低聲抱怨。

「不過呢，不管看幾次，都覺得這棟『時之館』也太古怪了。」

從我這個方向看，只看得到一扇門，位於中間那棟建築物的下方。

而在它左、右的兩個館，從正面來看，則是一個出入口都沒有，讓人疑惑要怎麼進出。

針，也沒有任何數字。

「仔細一看，門的上方好像掛著什麼？」

我靠近中間的館一看，只見門的上頭掛著一個時鐘，但是這個時鐘中間沒有指針，也沒有任何數字。

有的是扭曲的「四個字」。

「『現在之館』？」

「現在」？

我在沉思一會兒後，繞到「現在之館」左方和右方的館察看。

「果然如我所想，這兩個館也掛著寫著四個字的時鐘。」

左方的館，寫著「過去之館」。

右方的館，寫著「未來之館」。

「『過去之館』、『現在之館』、『未來之館』。」

愛莉莎從左至右，依序指著眼前的三棟建築物。

「這三館合起來，統稱為『時之館』，並分別代表著不同時間軸的時光，你再仔細看看這些建築物的外觀。」

我順著愛莉莎的手指看向這三棟建築物，結果發現雖然建築結構一樣，但其中還是有著些許不同。

「過去之館」就像經歷了長期的風吹雨打，木頭牆壁上布滿了裂痕和藤蔓。

「現在之館」是普通的磚瓦歐式建築，沒什麼特別之處。

「未來之館」以大量的強化玻璃建成，閃亮的外觀充滿未來感。

「建造『時之館』的人還真是用心啊。」

這種感覺，就像是在看著這棟建築物的過去、現在和未來。

「但是，這跟掌握時間的力量有什麼關係？」

要是這麼簡單就能穿越時空，那大家還犯得著傷腦筋嗎？

「我也不知道，但是『盲』既然這麼說，就代表這棟建築物中應該還藏著其他祕密吧。」

「原來如此，是『盲』說的，那確實有了一探究竟的價值——等等！」

回過神來的我看著身旁的愛莉莎，大聲問道：

「妳剛剛說了誰？」

「你不用這麼大聲我也聽得到。」

愛莉莎雙手摀著耳朵，微皺著眉說道：

「我剛不是說了嗎？『時之館』的主人給了我ＩＤ卡，要求我來這邊。」

「也就是說，這棟建築物的主人就是『盲』嗎？」

「是啊，而且他也準備了給你的ＩＤ卡。」

愛莉莎從懷中掏出另一張卡片。

「…………」

我看著她手上的卡片和眼前的三個館。

明明是大白天，但是一股冰冷卻竄到我的脊背上，讓我不禁打了個寒顫。

「……這事跟我沒關係，我要離開這邊。」

我轉身就走，但愛莉莎一把將我拉住。

「別走，膽小鬼。」

「我告訴妳，妳沒和『盲』交手過，不知道他到底有多可怕。」

「那又如何？」

「沒有必要特地踏入他準備的陷阱中，這一點意義都沒有。」

「這當然有意義。」

「什麼意義？」

「這能保護陌羽大小姐。」

「……為何這能保護她？」

「莫向陽，你是真的不懂還是在裝傻？」

為了不讓我逃避，愛莉莎抓著我的手指緊緊陷入我的手臂中。

「你回答我，『盲』究竟是不是陌羽大小姐的敵人？」

隨著愛莉莎的問句，至今發生過的一切閃過我腦中。

平樂園的事件、闕梅學院的事件。

每一次都差點讓我和陌羽喪命。

他毫無疑問是陌羽的敵人。

「既然他是陌羽大小姐的敵人，那就應該想辦法鏟除他。」

「……妳又不能保證他就在『時之館』裡頭。」

「莫向陽，你到底怎麼了？」

「我就跟往常一樣。」

「我不知道你現在打算如何處理和陌羽大小姐之間的關係，也不想知道你為何要逃避她。」

愛莉莎的聲音陡然變得低沉。

「但你已經差勁到會放著有可能危害她的人不管了嗎？」

「…………」

「不管『盲』是不是真的在裡頭，既然他都發了邀請函了，那我們就該進去一探究竟吧？」

「就算發現他又怎樣？沒有這麼簡單就能打敗他的。」

化身盲點、成為盲點——「盲」是最擅說謊的凶手。

靠著和陌羽聯手，我才能勉強與他抗衡，但若是只有孤身一人，我連發現他在哪裡的自信都沒有。

「莫向陽，我也曾見過『盲』，他就算再可怕也是人類之身，若是人類，就表示他一定有破綻。」

「那跟我沒關係。」

「就算是人類心理分析的天才，就算總是處於盲點中，也不代表他自己就沒有盲點——」

「我不是說了，那跟我一點關係都沒有嗎！」

我對著愛莉莎大吼！

這股怒吼聲響徹了整個庭院，帶來了深深的沉默和尷尬。

過了不知多久後，愛莉莎開口打破了這個寂靜。

「……我對你很失望。」

愛莉莎放下抓住我的手，轉過頭去，就像是再也不想看我一眼。

「想走就趕快走吧，沒用的東西。」

「就算妳說成這樣……我還是會走的。」

從陌羽身旁逃走，是為了不想起十年前的那個夜晚。

我不知道「盲」是基於怎樣的理由建了「時之館」，也不知道他是不是真的在裡頭。

但是，現在的我對此完全沒興趣。

我一步一步地向著出口走去。

不知為何，明明現在是中午，我卻感到眼前逐漸暗了下來。

——**「向陽……」**

渾身染滿血跡，拿著刀子的陌雪就像幽靈一般浮現在我面前——

——**「為何……你要這麼做……」**

「…………」

——**「回答我啊……你為何要這麼做。」**

我感到身體慢慢變冷，就像是回到十年前的那個雨夜。

渾身溼透，就連骨髓都冷得一點溫度都沒有。

我快步走著，想要甩脫那個突然出現的陌雪幻影。

但是——

一切都來不及了。

——砰咚！

厚重的鐵門在我眼前關上，宣判著從此刻起，誰都不准離開這個地方。

「歡迎各位貴賓。」

司馬焰——不，應該說「盲」的聲音，透過廣播系統響徹了整個「時之館」。

「你是否有渴望否定的過去？

「你是否有想要觀測的未來？

「你是否有想要逃離的現在？」

——轟隆隆。

隨著第二聲巨響，「現在之館」的大門緩緩敞開。

「恭喜各位！你們是何其幸運，可以來到我精心策劃的時之館！

「你們心中的遺憾、不滿、祈願，都能在此實現！
「只要掌握過去，就能前往現在。
「只要站在當下，就能邁向未來。」
敞開的「現在之館」中，現出了強烈的光芒，就像是要把站在他面前的人拉進去。
「來吧！讓我們一同來參加這場饗宴吧！
「掌握時間之理，擾亂時間的流動。
「獻上祭品、奉上慾望——
「讓我們將過去和未來統統握在手中吧！」

chapter 2 嫌犯只有一人的命案

不管怎麼搖動，厚重的鐵門都打不開。

就算想要爬出圍著時之館的圍牆，上頭也光滑明亮，毫無著力之處。

我繞了一圈，牆壁什麼缺損都沒有，可以說是毫無可乘之機。

「這裡已經成了孤島型的密室，看來現在可以活動的空間，只剩三個館和這個庭院了。」

明明說不管我，但在我到處探勘時，愛莉莎還是默默地跟在我的後頭。

「那麼，莫向陽，你要在這邊等到餓死，還是跟著我進去『時之館』裡頭？」

「……我考慮一下。」

「要考慮多久？」

「大概快餓死時我就會下決定了。」

「…………」

「所以不要管我，我會找個庭院的角落窩著——」

——砰！

我的腹部突然傳來一陣衝擊！強烈的痛楚讓我不禁抱住肚子，雙膝跪地！

「唉呀，我也是身手退步了。」

明明剛剛才灌了我肚子一拳，但愛莉莎就像是一臉沒事地看著自己的拳頭說道：

「竟然不能一拳把你肚子中的東西打到吐出來。」

「……妳這暴力女僕。」

「不知道還要幾拳，才能打到你吐到覺得快餓死呢。」

看著面無表情靠過來的愛莉莎，我舉起雙手投降。

「我知道了，我跟妳進去就是了。」

「很好。」

我的背後衣領突然一緊！

愛莉莎拉住我的後衣領，將我像是行李一般在地上拖行。

「喂！愛莉莎！放開我！不用這樣我也會走——嗚啊！痛痛痛……」

「別撒嬌了。」

「妳就不能顧念一下以前的情誼，對我溫柔一點嗎？」

「啊？」

愛莉莎回頭，用綠寶石般的雙眼瞪了我一眼。

「溫柔？我這樣還不夠溫柔嗎？」

「在妳心中，溫柔和讓人渾身是傷是等義嗎？」

「若是讓你受傷才能拖著你前進，那我會毫不猶豫地展現我的溫柔。」

「…………」

「莫向陽，我覺得你一直以來都誤會了某些事。」

「我誤會了什麼？」

「我對陌雪其實一點好感都沒有。」

「……這真令我意外。」

十六年前，愛莉莎跟著我一起進了陌家。

在那之後，她一直以陌雪的專屬女僕身分盡心盡力，在陌雪死後，則轉而服侍起了陌羽。

「既然妳對她沒有好感，那十六年前，妳為何要跟著陌雪走。」

「我才不是跟著她走呢。」

「要不然是什麼？」

那時進來的人，就只有陌雪吧？妳除了她之外還能跟著誰？

「我沒必要跟你解釋吧？你這蠢蛋。」

「妳是一天不罵人就渾身不對勁嗎？」

「你看，你又誤會了。」

將我拉進「現在之館」後，愛莉莎以粗暴的動作將我重重地放了下來。

「除了你之外，你可曾看過我罵過其他人？」

「……是沒看過。」

「要不是顧及以前的緣分，我早就拋下你不管了。」

愛莉莎向我伸出手，將我拉了起來。

「所以，當你該被責罵時——」

「不管幾次，不管你在哪裡，我都會來罵你的。」

我們兩個的手相握，即使我想放開手，但愛莉莎仍緊緊拉住，不允許我逃開。別開頭去的我，逃開了她的雙眼。

我抓不準和她之間的距離。

明明關係不好，但她總是會在這種時候出現，以面無表情的方式怒罵我一頓，接著默默地拉我一把。

一直到現在，我還是搞不懂她到底是喜歡我還是討厭我。

「兩位貴賓，歡迎光臨。」

所幸在我不知該如何是好時，一個人突然出現了。

我和愛莉莎的前方，不知何時站了一個身材姣好的金髮女僕。

高大的身材、深邃的五官、略帶暗沉的長長金髮。

她穿著和愛莉莎相同的女僕服，向我們微微低下頭說道：

「很榮幸能在這邊迎接兩位，我的名字是克拉，是這所『時之館』的代理主人。」

「代理主人……？」

「是的，我只是『代理』，我和時之館的真正主人，就是你們很熟悉的『盲』。」

「這樣好嗎？這麼快就把背後的首謀招了出來。」

「沒關係的，因為主人就是這麼吩咐我的。」

「……他又準備了什麼詭計？」

「你誤會囉，莫向陽。」

克拉帶著微笑，直呼了初見面的我的名字。

「這次擺在你們面前的，並不是詭計。」

「那是什麼？」

「是禮物喔。」

「…………」

出乎意料的名詞，讓我的腦袋一瞬間停止了思考。

「一直以來，主人都為各位添了不少麻煩，所以為了彌補大家，他將各位邀來此地，並為各位獻上了一份大禮。」

「什麼大禮？該不會是要我們在這個館中度假吧？」

「度假確實是一部分，不過真正的禮物，是給予各位『穿越時空』的權利。」

「…………」

我抱著臂陷入沉思，但不管怎麼思考，我還是無法理解「盲」究竟在想什麼。穿越時空？

這已經跳脫科學領域，一頭往科幻世界栽了進去吧？

「先不論『盲』的真正意圖為何。」

我身旁的愛莉莎開口說道：

「我們可以和你主人見上一面嗎？」

「身處盲點的主人，無法現身招待大家，還請來此的貴賓見諒。」

「真是遺憾。」

「不過別擔心，主人若是不在，諸位貴賓無法盡興，也顯得很失禮對吧？」

克拉露出燦爛的笑容，將手往旁一擺說道：

「我可以保證，我的主人——『盲』就在館中。」

此時，身後傳來異響。

我轉頭一看，只見我們進來的入口，也就是「現在之館」的厚重木門，發出「喀嘰」的聲響後緩緩關上。

「這道大門的鎖是特製而成，只要沒有主人的允許，就無法從這邊出去。」

「繼封閉型的孤島環境後，接著出現的是『密室』嗎？你們就這麼想將我們關在這邊？」

「為了得到掌握時空的力量，封閉環境是必須的，而且這對你們來說也不是壞事。」

就像是期待接著會發生的事，克拉露出了似笑非笑的表情：

「要是沒有人員出入，人數也沒有增減，這也方便各位找到主人吧？」

——等到陌羽想起十年前的一切後，我會再以盛大的計策招待你們的。

看著克拉的笑容，「盲」之前在闕梅學院時說過的話，突然浮現在我腦中。

我再度打了個寒顫。

我環顧四周，沒多久就明白了那股令人不舒服的感覺從何而來。

就是這裡。

這裡就是「盲」準備的舞臺。

踏入他張開的嘴，我們現在正處於他的身體中。

「『這是最後了。』」

克拉看著我的雙眼，以緩慢但是愉悅的語音吐出了這句話。

我很快地就意識到，這是「盲」代替克拉的嘴，想要傳達給我們的訊息。

「『這裡就是所有謎團的終點，也是所有謎團的起點。』」

克拉雙手拉起裙襬，微微蹲低身子向我施了一個禮。

「『化身盲點、成為盲點——我是最擅說謊的兇手。』

「『但是在宏大的時間之流中，說謊是毫無意義的行為。』

「『因此，不管接著呈現在你面前的情景有多麼荒謬，那也都是真實；不管你聽聞的話有多麼超脫常理，那也皆是實話。』

「『莫向陽，我在此宣言。』

「『你必定會殺人——就跟你在十年前殺了陌雪一樣。』」

「盲」的話就像是毒蛇一般纏繞到了身上，讓我喘不過氣來。

「『時之館將會發生命案，而這場命案的兇手——』」

克拉伸出食指，筆直地指向我說道：

「就是你。」

❖ ❖ ❖

克拉說完她想說的話後，向我們行了一個禮後轉身離開。

偌大的「現在之館」中，只剩下我和愛莉莎。

我看了愛莉莎一眼，她馬上做出反應，以迅速確實的動作，掏出了懷中的手機。

「喂，警察局嗎？我這邊看到了一個殺人犯。」

「……」

「對，就在這邊，姓名叫作莫向陽，不只殺人還是個喜歡黑絲襪的變態，麻煩以最快速度逮捕他。」

「那個，愛莉莎小姐……」

我忍不住對她用了敬稱。

「聽了克拉的話後，請妳不要毫不猶豫地就報警好嗎？」

「可是既然都知道你『將』會殺人了，不用公權力阻止你，這有違一個人類的基本良知吧？」

「案件根本就還沒發生，妳就報警說一個可憐的無辜小市民殺人，這難道就沒有違反人類的基本良知嗎？」

「可是……你的長相確實足以殺人耶。」

「妳是不是若無其事地說出了很過分的話？」

別挑我心靈脆弱時這麼說，我真的要哭給妳看囉！

「不過你別擔心，剛才的報警有九成是假的，因為電話根本就沒打通。」

愛莉莎搖晃手中的手機說道：

「時之館可能有設置電波干擾器之類的，電話完全打不通，也無法上網。」

「既然都打不通，那為何說九成是假的？剩下的一成是什麼？」

「剩下的一成是我真的想報警的心。」

「那就全部是真的啊！混蛋！」

「不過話又說回來，為何『盲』會這麼說，你現在有恨到想要殺的人嗎？」

「……怎麼可能。」

自從殺掉陌雪後，每個晚上我會被惡夢中的她糾纏著。

背負著永遠無法消除的罪惡感，那是多麼難受的一件事啊。

也因為如此，我才擔當了陌羽的助手，拚命地阻止她犯下和我一樣的錯誤。

她能殺的，唯有我一人。

「對某個從小一起長大，嘴巴惡毒又常常對你施加暴力的銀髮女僕，你至今都未曾對她抱持過殺意嗎？」

「這形容還真是具體啊，看來妳還是對自己至今為止的行為有點自覺嘛。」

「我會害怕也是當然的啊。」

愛莉莎指著廣大又空無一人的宅邸。

「要是你真的想殺人的話，目前這邊也只有我能成為被害人。」

「據剛剛克拉的說法，這個館中並不只有我們兩人吧？」

「我也這麼認為，但是剩下的人在哪裡呢？」

「既然這邊有三個館，那可能是在其他館吧？」

我和愛莉莎現在身處在「現在之館」內，但還有「過去之館」和「未來之館」兩個館。

「我認為我們最好分頭探索一下這個地方。」

「分頭？妳的意思是跟妳分開嗎？」

「你的腦袋已經壞到連分開這個詞的定義都搞不懂了嗎？」

「沒有沒有！」

我拚命搖著頭，雖然有刻意控制了，但還是無法阻止臉上漾起笑容。

「跟愛莉莎分開很棒！我也覺得我們應該徹底分開！最好是這幾天都不要見面！」

「……你就這麼不想和我待在一起嗎？」

愛莉莎低垂著脖子，長長的銀白色睫毛落在白嫩的臉頰上，化作了幾道細細的陰影。

看著她楚楚可憐的樣子，我驚覺自己似乎說得太過分了。

這可不行啊。

這裡還是用圓滑的話稍稍彌補一下——

「是啊，跟妳在一起壓力很大。」

「…………」

很好，彌補失敗。

想跟她分開的慾望徹底大於想要安慰的心。

愛莉莎抱起雙臂瞪著我，全身上下冒出一股足以凍死人的寒氣。

為了逃離盛怒的她，我趕緊轉移話題。

「總、總之，開始分頭探索吧！」

「……雖然我很想不管你，但似乎還是做不到呢。」

愛莉莎將一張卡片夾在手指間，射了過來。

「有空時看看這張ＩＤ卡吧，這對你探索時之館應該會有些幫助。」

「我明白了。」

「萬事保重，莫向陽。」

愛莉莎轉過身去，揮了揮手說道：

「待會見。」

「…………」

「回應呢？」

停下腳步的她，轉過頭來瞪了我一眼。

「是的……待會見。」

聽到我這麼說，愛莉莎滿意地點了點頭。

❖　❖　❖

愛莉莎給我的ＩＤ卡上，正面的右上方貼著我的大頭照，象徵著這是專屬於我的ＩＤ卡。

至於背面，則是對現在的我來說，最重要的東西。

「這應該是……『時之館』的簡易平面圖？」

我不禁仔細打量起ＩＤ卡上的平面圖。

「時之館」就如我在外面看到的，正中央是「現在之館」，東邊則是「未來之館」，西邊則是「過去之館」。

整棟時之館的出入口只有一個，那就是我跟愛莉莎進來的那個大門，而那個大門現在被完全關閉，要是沒有「盲」的允許，想必是絕對無法開啟的。

「現在之館」由三個區域組成，分別是「用餐區域」、「住宿區域」以及「交誼區域」。

我將這些區域繞了一遍，卻沒發現什麼值得在意的地方，而且也沒遇到其他人。

「看來……只能去其他館看看了？」

從外頭可以知道，「過去之館」和「未來之館」這兩個館，在外頭是沒有任何出入口的。

從平面圖上可以得知，之所以沒有出入口，是因為這兩個館的入口位於「現在之館」內部。

時之館平面圖

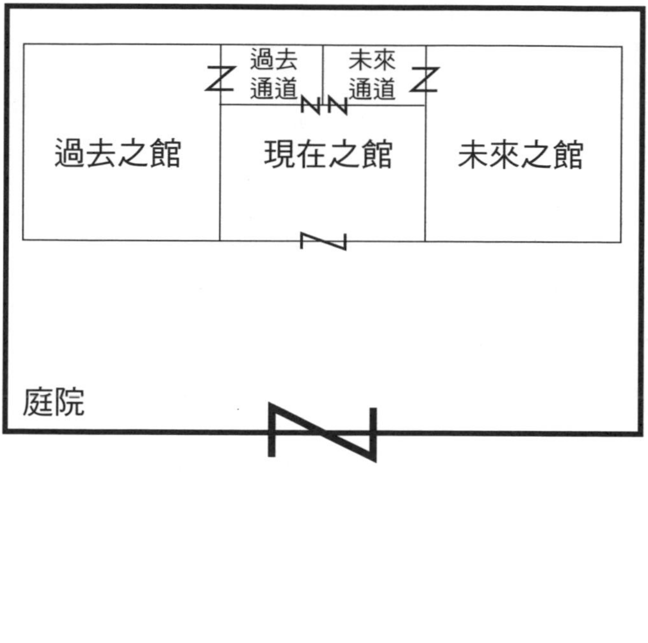

換言之，要去這兩個館，你必定得經過「現在之館」。

不斷地朝著北方走，你最後會看到鑲在牆壁上的兩道木門，木門上頭和外頭一樣擺著兩個時鐘，分別寫著「過去」和「未來」兩個字。

當我靠近門口時，門發出了提示的電子音。

「若是時之館的來賓，請使用ＩＤ卡。」

也就是說，不使用「盲」發給我們的ＩＤ卡，就不能進出這兩道門囉？

那麼，要打開哪道門？

我猶豫了一會兒後，伸手握住了通往未來的門把。

我的過去充滿懊悔，實在沒什麼好值得留戀的。

「所以，去未來看看吧。」

❖　❖　❖

打開門後，在我面前的是一道蜿蜒向上的螺旋梯。

我順著這個階梯向上爬，卻越爬越感到異樣。

螺旋梯很窄，寬度剛好只夠一個人行走。

也不知道是怎麼處理照明的，通往「未來之館」的通道視線十分不良，除了腳下的螺旋梯外，其他地方一片黑暗，伸手不見五指。

「比想像中的長啊……這道階梯。」

本以為是往上，但走到一半卻突然朝著下方前行。

時而向左、時而向右。

不止如此，有時甚至會突然一百八十度大轉彎，向著回頭路走。

這道螺旋梯就像是迷宮一般，即使走了十分鐘也看不到盡頭。

彷彿迷失在廣大的時光之流中。

走著走著，我感到自己徹底迷失了方向，別說知道自己身在何處了，我甚至開始搞不清楚上、下、左、右，有種飄浮在空中的錯覺。

——淅瀝。

「嗯？」

此時，耳邊傳來了異響。

「那是……」

——淅瀝、淅瀝。

「雨聲？」

不對，這不可能啊。

這裡是室內空間啊，怎麼會下雨？

我將手平伸出去，卻沒接到任何一滴雨水。

——淅瀝、淅瀝、淅瀝。

雨聲逐漸地變大，即使我雙手按住耳朵，也無法阻止雨聲入侵到我的腦中。

「為什麼……」

逐漸包圍我的雨聲，讓我不禁加快了腳步。

「為什麼會這樣……？」

我明明挑的是通往未來的門，為何浮現在我面前的依舊是過去？

「殺死陌雪的那個夜晚，我明明、明明那麼想忘記的——」

我感到呼吸變得急促，脖子就像被什麼東西掐住似地喘不過氣來。

「得快點才行——」

快點離開這個地方。

快點離開這片黑暗、這片雨夜。

——砰！

失去平衡的我一個跌倒，滑下了樓梯。

我掙扎著站起身，被陌羽砍掉的手指和腳趾隱隱作痛。

即使不用愛莉莎提醒，我也知道我現在的樣子有多麼可悲、多麼不像樣。

從自己發誓要守護的人面前逃開，背棄了自己的誓言，也拋棄了陌雪託付給我的遺願。

但是我只能逃避。

「因為我害怕被陌羽發現那天晚上的真相！」

比起被殺死，我更怕被察覺。

「是我殺死陌雪的……」

這是真相，但也不是真相。

「是我殺了她的。」

我必須讓所有人認為，這就是最終真相。

無論如何，我都必須將十年前的那個夜晚埋在心中。

不知何時，快步行走已變成了跑步。

——淅瀝、淅瀝、淅瀝、淅瀝、淅瀝、淅瀝。

我緊抓著自己的胸口，努力無視幾乎要讓我發瘋的巨大雨聲。

一道光亮從盡頭處照了過來。

就像是即將溺死的人，我向那股光亮伸出了手，打開了眼前的木門——

「莫大哥？」

光亮散開，司馬焰露出了如火一般的盛大笑容。

「好久不見了，我好想你。」

❖ ❖ ❖

「莫大哥啊啊啊啊啊啊——！」

司馬焰衝過來，一把抱住了我！要不是我拚命穩住腳步，我就要被司馬焰撲倒了。

「你最近好嗎？陌姊過得怎樣呢？在闕梅學院時受的傷如何了？有沒有見到哥哥有沒有趁他不注意時捅他一刀？」

司馬焰連珠砲似地問著，完全不給人回答的時間，而且——

「嘿咻、嘿咻……」

她先是右腳抬起來勾住了我的腰，接著左腳也順勢攀到了我的身體上，雙手雙腳都纏住我的她，最後變成了無尾熊抱著樹幹的姿勢。

「……妳在做什麼？」

「我正在用全身心表達我見到莫大哥的喜悅。」

「……妳好歹也是個女高中生，不要緊貼在成年男性身上好嗎？」

「你忘記我的招牌臺詞了嗎？」

司馬焰露出魅惑力十足的笑容說道：

「愛就要將自己的一切肉體奉上。」

「妳原本的招牌臺詞是這麼糟糕的嗎！」

「恨就要傾盡一切——將哥哥的肉體送上。」

「這種恨也太可怕了！」

「嘿嘿～～莫大哥～～」

司馬焰一邊露出笑容，一邊用臉頰磨蹭我的衣服。

「見到你真是開心。」

就像是小狗和小貓看到自己主人，司馬焰率直地向我表達她的好感。

果然是如同火焰一般的女孩子。

看著光耀無比的她，我感到罩在心頭的陰霾稍稍散開了些。

「吸……吸……」

「妳在做什麼啦！」

我一把將頭埋進我身體中的司馬焰拉開，就像是撕掉黏在身上的膠帶。

「沒有啦。」

跌坐在地上的司馬焰摸著後腦勺，有些不好意思地說道：

「想說好久不見了，吸一下莫大哥過癮一下。」

「妳到底把我當作什麼？」

「可吸食的人形物體。」

「……妳真的對我有好感嗎？」

這聽起來根本只是喜歡我身上的味道吧？

仔細想想，她的哥哥司馬封也是一直在吸菸。

他們果然是兄妹，有不少地方類似。

「不過莫大哥怎麼會跑來這個地方？」

「這句話是我要問的吧？妳不用上學嗎？」

「殘缺姬事件，讓我知道闕梅學院高層是多麼過分的人，所以我自主退學了。」

「真是突然啊，這樣好嗎？」

「當然好啊，要是繼續待在那邊，我怕我哪一天會忍不住拿著汽油彈，衝去校長室爆破那些腐敗的高層，還是其實莫大哥是希望我這麼做的？」

「妳退學真是太好了。」

這可不能開玩笑，因為司馬焰是真的有可能會這麼做的人。

「然後就在我辦好退學手續走出學校時，我接到了『盲』的邀請函。」

司馬焰從懷中拿出貼著她大頭照的ＩＤ卡。

「反正我閒著也是閒著，就決定來看看了。」
「說得還真是輕鬆啊。」
「不過呢，『盲』這個人也太古怪了吧？」
就像是在回憶，司馬焰用手指輕輕地揉著自己的太陽穴說道：
「看到他時我嚇了一跳，還以為我在照鏡子呢？」
「該不會，他又打扮成你的模樣了？」
「是啊。」
「嗯……」
我不禁抱臂沉思。
「盲」的真實身分是個謎，直到現在，我們還是不知道他是男是女，年紀多大。
但是，之前幾次他現身在我面前時，都刻意扮成司馬焰的模樣出現。
就連剛剛時之館的廣播，他也都以司馬焰的聲音進行放送。
總覺得這之中似乎有什麼深意。
他是想讓我認為司馬焰就是「盲」，還是想讓我認為她不可能是「盲」呢？
表面上所看到的是真相，還是反面才是真正的真相？
不行，越思考就越混亂。
不能落入「盲」的陷阱中。
當迷茫時，首先必須確定能觸及的真相。
「不好意思，小焰。」

我伸出手去，輕撫著司馬焰的臉頰。

「怎麼了，莫大哥？」

「我想確認，妳是不是真的司馬焰。」

「盲」是個扮裝天才，但不管多高明的化妝，只要仔細觸摸臉龐，就能感受出違和。

過了五分鐘後，我將手放下。

「嗯，看來妳是真的司馬焰沒錯。」

沒有任何喬裝打扮的痕跡，她是如假包換的真人。

「若是有需要的話，我脫光給莫大哥檢查也可以喔。」

「這就不用了……」

「不過莫大哥的想法很正確，說不定『盲』已經化作來到館中的其中一人了。」

「為什麼妳這麼說？」

「因為『過去之館』的『異常情景』中，沒有『盲』的身影。」

「嗯……？」

「既然『過去之館』中沒有『盲』的過去，就表示他化作我們來賓中的一人了吧？」

「…………？」

我完全聽不懂司馬焰在說什麼，露出不解之色。

「啊！莫非，莫大哥還沒去過『過去之館』嗎？」

「是還沒去過。」
「那麼，我帶你去吧，只要到那邊，你就知道我在說什麼了。」
急性子的司馬焰拉住我的手，就要走回我剛剛來的通道中。
「我覺得『時之館』的奧祕，就在『過去之館』中。」
「等一下，小焰，我才剛來『未來之館』，好歹讓我逛一下，瞭解這裡的狀況。」
在我的抗議下，司馬焰嘟起嘴，心不甘情不願地停止了腳步。
雖然知道她有些不開心，但為了搞懂「盲」的用意，我必須好好探索這個館才行。
「放心吧，莫大哥，我不是那麼難搞的女人。就算你的心在別處，我依然會在身後好好守望你，直到你回頭的那天到來。」
「為何是用這種彷彿看到我外遇的妻子口吻？」
「安心逛吧，我不會催你的，一、二、三、四、五——」
「……妳可以不要在旁邊一直計數嗎？」
這根本就是在催我吧？
我努力地無視司馬焰，快步地繞了「未來之館」一圈，結果確定除了我和她之外，「未來之館」中沒有其他人。
「未來之館」和「現在之館」的格局一模一樣，由「用餐區域」、「住宿區域」以及「交誼區域」三個地方組成。
只是不同於「現在之館」的磚瓦牆壁，「未來之館」的牆壁和地板多數由光亮的玻璃做成，充滿了光潔感。

就跟館外看到的外觀一樣，「盲」運用建材的不同，巧妙地區分三個館，讓他們具備不同時間點的意義。

「仔細一看，會覺得『盲』的準備，完善到令人有些不舒服。」

記得我在「現在之館」中的餐廳，看到了五副餐具擺在餐桌上。

而在「未來之館」的同樣位置，也有五副餐具。

大小、形狀，甚至連擺放的角度都分毫不差，唯一的差異是未來之館的盤子和刀叉比較閃亮一些。

「桌子、椅子、房間、燈泡，就連餐廳上方的十字架都一模一樣——」

只要是「現在之館」有的事物，「未來之館」就會出現，只是變得更新一點。

「這個地方，就像是十年之後的『現在之館』。」

但這究竟是為什麼？

就算將所有物體和建築複製一個十年後的版本，也不代表就穿越了時光到未來。

「盲」到底想做什麼？

「搞不懂啊……」

「你遲早會懂的。」

「嗚啊啊啊啊！」

突然出現在身後的聲音，讓我嚇得跳了起來。

「你好，莫向陽。」

克拉雙手拉起裙襬，向我行了一個禮後說道：

「不管來賓有什麼需求，我都會盡力滿足。」
「妳也太神出鬼沒了，是從哪邊出現的？」
「莫大哥，她是從剛剛你來的通道走過來的，但是我想看你嚇一跳的樣子，所以沒提醒你。」
「……謝謝妳喔，小焰。」
「不客氣，待會我把莫大哥看起來很蠢的照片發給你喔。」
妳竟然還照相了？這隊友到底在搞什麼？
「我想莫向陽你也差不多要有疑問了。」
眼前的克拉露出微笑：
「有什麼特別想問的嗎？」
「這麼精心的布置，『盲』到底想做什麼？」
「這點主人在之前的廣播中不就說過了嗎？」
「嗯？」
「他想得到穿越時空的力量。」
「……你們是瘋了嗎？」
「呵呵……莫向陽你說話真有趣，你覺得我的主人──『盲』，會做沒有意義的事嗎？」
「就算如此，但這已經邁入科幻的領域了。」
「現代科學的力量，在古代人眼中也跟魔法沒兩樣吧？說不定人類真能操弄時光，只是至今沒有人能做到而已。」

「不可能。」

我搖了搖頭。

「時光永遠不可逆。」

就是因為時光無法重來，所以人們才有了後悔。

——才有了不管什麼時刻都無法忘懷，想要重來的過去。

「莫向陽，就算你如此否定，但若是時光倒流的權利擺在你面前，你也會對其嗤之以鼻，不去使用它嗎？」

「……」

「不可能吧。」

克拉以有禮的微笑，說出了嘲諷的話語。

「不管你是誰，只要你是人類，你就必定會想要穿越時光，因為不管是誰，心中都有著後悔。」

「這種假設性的話題要討論到什麼時候？」

「這不是假設性的話題，而是正要發生的事。」

克拉伸出修長的手指，指著天花板。

「只要掌握『時之館』中的『法則』，你就能得到穿越時空的力量。」

「那個『法則』是什麼？」

「你們很快就會知道。」

「…………」

「三個館的同步已到了最後階段，接著，你們將會親眼見證這一切。」

「到底……『時之館』中藏著什麼祕密？」

「十分抱歉，『現在』的我不能說。」

克拉露出詭異的笑容說道：

「但是請別擔心，『未來』的我，遲早有一天會跟你說的。」

❖　❖　❖

經過漫長的黑暗通道後，我從「未來之館」回到了「現在之館」。

「嗯……總覺得好像聞到了哥哥的味道。」

「司馬封？」

我的腦中浮現了穿著寬大風衣和叼著香菸的身影。

這傢伙也被「盲」邀請，跑到「時之館」了嗎？

「沒錯，這個充滿尼古丁和渣男感覺的味道，毫無疑問是哥哥沒錯。」

就像是條警犬，司馬焰朝著空中不斷抽動鼻子。

「莫大哥，我先去找哥哥了！待會兒見！」

連阻止她的話都來不及說出口，司馬焰就這樣一溜煙地跑不見蹤影。

因為太過於突然，我甚至有種被拋下的感覺。

原本不是妳找我去「過去之館」的嗎？

「……這傢伙的煞車也壞得太徹底了。」

不是零就是一百，只要想到的事就馬上去做。

這種直率的個性，甚至會讓人看了心生羨慕。

我用雙手拍了拍自己的臉頰，強自打起精神來，看著在「未來」旁邊，上頭掛著「過去」的厚重木門。

「看來，只能一個人前往『過去之館』了。」

多虧了司馬焰剛剛帶來的熱鬧，我感到自己稍稍打起了精神——

「真是噁心。」

只是才剛剛好轉的心情，轉瞬間就被身後的冰冷聲音澆熄。

「不是說要去探察『時之館』嗎？怎麼還露出這種彷彿被女人救贖的表情？」

「……這是什麼表情啊？」

我轉過身去，只見不知何時愛莉莎已站到我身後，抱著雙臂滿臉不悅。

「剛剛那個待在你身邊的女孩是誰？」

「之前案子中認識的人。」

「只有這樣？」

愛莉莎湊到我的面前，微微抬起下巴嗅了嗅。

「明明身上就滿滿她的味道，你說要探勘，結果到底做什麼去了？」

「妳才瞄過她一眼，就知道她身上的味道是什麼了？」

「我就是知道。」

「妳到底在生氣什麼？」

「我沒有生氣。」

「不，妳這很明顯就是在生氣──」

「別說得好像我會為了你生氣似的！你再這樣說我就真的要生氣囉！」

「…………」

不，妳已經生氣了。

雖然表情沒變，但是整個人散發出了巨大的壓迫感。

總覺得有種跟女友對話的感覺，但要是我把感想說出來，愛莉莎想必又要痛罵我一頓了。

「所以呢？」

「什麼所以？」

「你跟高中女生卿卿我我地去『未來之館』，到底看到了什麼？」

「咦？我有說過小焰是高中生嗎？」

這傢伙該不會一直都在暗中調查我吧？所以才知道司馬焰的身分。

「別用問題回答問題，快說！」

在愛莉莎的催促下，我將所看到的情景說了出來。

「未來之館」的擺設和「現在之館」一模一樣，但是整體的氛圍就像是「現在之館」的未來。

「嗯……看來『時之館』確實是仿照時間軸設計的。」

聽到我說完後，愛莉莎下了這樣的結論。

「妳在『過去之館』，有看到什麼嗎？」

「要抵達『過去之館』，必須先穿過一個黑暗又漫長的時光通道——姑且稱這個為『過去通道』吧。」

「嗯。」

「『過去之館』內部的狀況，恰好和你看到的『未來之館』完全相反。」

「也就是說，是『現在之館』的過去景觀？」

「是的，家具的位置和數量完全相同，但是木製牆壁上充滿著腐朽和破洞，餐具和桌子上也染滿了灰塵，整體而言十分陳舊。」

「到底這麼做的理由是什麼？」

從我的角度看，只覺得「盲」大費周章，做了花俏又不實際的三個館。

「雖然只是直覺，但是——」

愛莉莎皺起了細細的眉毛說道：

「這些館給我的感覺很不舒服，就像是蘊含什麼深厚的惡意。」

「……」

聽到她這麼說，一陣寒意掠過我的背，因為愛莉莎的直覺，一向很準。

「莫向陽，你在『未來之館』中，有看到任何人嗎？」

「若是司馬焰和克拉不算的話，沒有。」

「唔嗯……」

聽到我這麼說，愛莉莎陷入了沉吟。

「若是如此，那為何『過去之館』中會是『那樣』呢？」

「嗯？」

「是必須觸發什麼機關，『未來之館』才會出現人嗎？但這是可能的嗎？運作的『法則』又是什麼？」

「等一下，我聽不懂妳在說什麼？妳究竟在『過去之館』看到了什麼？」

「我看到了──」

愛莉莎張嘴想要說明，但是話說到一半就斷絕在半空中。

她嘴巴張張闔闔，卻一個字都沒吐出來。

──就像是無法說明自己看到了什麼。

過了良久良久後，總算找到詞彙解釋的愛莉莎緩緩說道：

「我看到了……我們的『過去』。」

「什麼？」

「『過去之館』中，裝著『我們十年前的過去』。」

──轟！

頭上彷彿有一道雷劈了下來！

「等一下，這是什麼意思？」

我緊抓著愛莉莎的雙肩，大聲質問：

「那裡有十年前的過去？」

「等一下——痛！你抓得太大力了！」
「回答我的問題！館內有十年前的資料是嗎？」
十年前，剛好是我殺死陌雪的時間點！
「是相片還是影片？為什麼會有這東西？」
雖然不知道「盲」是怎麼拿到這些東西的，但如果那些東西真的存在，那我非得過去將那些事物銷毀不可。
「都不是，你冷靜點！」
——啪！
愛莉莎毫不留情地給我一巴掌！
被這股大力給帶動，我在轉了三百六十度後，砰的一聲坐倒在地。
愛莉莎抱著雙臂，居高臨下地看著我說道：
「『過去之館』中雖裝著我們的過去，但那既不是照片也不是影片，你不要擅自想像後，自亂陣腳！」
「不是……？那是日記或是文字紀錄？」
「也不是。」
「那究竟是用什麼媒介紀錄的？」
「什麼媒介都不是，那根本不能稱作媒介。」
愛莉莎嘆了口氣說道：
「因為裝著我們過去的——是『人』。」

「…………什麼？」

雖然聽到了愛莉莎的話，但是我完全沒聽懂。

「我沒辦法進一步解釋，因為我剛說的，就是我所看到的全部。」

就像是為了要我聽清楚，愛莉莎一字一頓地說道：

「裝著我們過去的，是『人』──活生生的人類。」

「……」

過度的詭異感，讓我完全說不出話來。

「如果你真的想明白我在說什麼，那就去『過去之館』看看吧？」

「『過去之館』……是嗎？」

要是回到過去，就表示我要面臨那段與陌雪的過往。

不過，現在不是在意這個的時候了。

「走吧，讓我們去『過去之館』。」

我咬緊牙關，站起身來。

「喔？真意外。」

愛莉莎微微挑起眉毛。

「我本來以為你會轉身逃跑的。」

「妳誤會了，愛莉莎，雖然我確實不想面對任何有關過去的部分，但我害怕的並不是那段過去。」

我真正害怕的是，被陌羽知道這一切。

「所以，不管『過去之館』藏著什麼，我都要趁還來得及時，不擇手段地將其銷毀。」

「…………」

不知為何，聽到我這麼說，愛莉莎再度沉默了下來。

此時，我注意到了，她的手不自覺地緊握起來，就像是察覺了什麼重要的事後，必須拚命忍耐一樣。

「莫向陽。」

極其突然地，她走到極為接近我的地方。

「我想跟你做個約定。」

「……妳突然間是怎麼了？」

「這十年來，我跟你聚少離多，也幾乎沒有跟你要求過什麼事情。」

「嗯。」

「我跟你認識十六年，而現在，我第一次想跟你訂下約定。」

愛莉莎向我伸出左手，翹起了小指。

「要是你動了殺人的念頭，請你在殺人前，先把我給殺了。」

看著她銀白色的頭髮和墨綠色的眼睛。

克拉之前說過的話突然浮現在我心中。

「『莫向陽，我在此宣言。你必定會殺人——就跟你在十年前殺了陌雪一樣。』」

「……就算不做這個約定，我也不會去殺人的。」
「你到底答不答應我？」
「……」
「答應我。」
「……一定要嗎？」
「嗯。」
我第一次看到如此執拗的愛莉莎，被她的堅持所折服，我輕輕嘆了口氣，伸出了小指。
「真是拿妳沒辦法，我答應妳就是了。」
勾住她纖細冰冷的小指，我說道：
「要是我有想要殺的目標，我會在殺他之前，先去殺妳的。」
「謝謝你。」
十六年，我第一次看到了愛莉莎的笑容。
就像是終年結冰的湖面，突然盛開的花朵。
雖是一個淡到幾乎看不清的微笑，卻依舊深深印在我心上，留下了不可抹滅的痕跡。
「莫向陽，謝謝你答應我這十六年來唯一一次要求。」
這時的我還不知道。
這是我和她的第一次約定。

但是，也是最後一次。

「愛莉莎，我一直很想問妳一件事。」

十六年前，我跟著陌雪走了。

但是妳為何要跟著過來呢？

只是，就在我還沒開口問出問題時——

異變就這樣毫無徵兆地降臨了。

「啊啊啊啊啊啊啊啊——！」

一個從沒聽過的稚嫩女聲響起，清楚得就像是在旁邊。

「咦？是從哪邊傳來的？」

我和愛莉莎不斷四處察看，卻找不出尖叫聲的來源。

過了約莫兩分鐘後——

——砰！

通往「過去之館」的門猛然敞開！

一個渾身沾滿鮮血的高大身影衝了出來！

「司馬封……？」

突然出現在我們面前的人，是特殊命案科的警官——司馬封。

他總是穿在身上的風衣沾滿了血，而手上不知為何拿著一把閃亮的利刃，鮮血不斷從上頭滴落。

「莫向陽？」

看到我之後，司馬封先是因為驚訝而愣了一下，但他隨即向我們招了招手。

「你們兩個現在跟我過來！我需要幫手！」

「等一下，你還好嗎？為何身上都是血——」

「沒時間解釋了！快點過來！」

司馬封強制終止對話，轉身就跑！

連猶豫的時間都沒有，我和愛莉莎跟在他後頭奔跑！

雖然心中有著許多疑惑，但通往「過去之館」的「過去通道」十分昏暗和蜿蜒，就跟我剛剛走的「未來通道」一樣。

在這樣的極速奔跑下，必須極為專心才能避免自己跌倒，根本就無暇說話。

本來需要十分鐘的路程，在我們的奔馳下，兩分鐘就抵達了終點。

亮光逐漸從遠處浮現，打破了「過去通道」的黑暗，我們趕緊打開盡頭處的木門——

——一個更為黑暗的情景，突然出現在我們面前。

只見一個幼小的身軀躺在破舊的地板上，但因為臉側轉過去，從我們這個方向看，恰巧無法看見她的面容。

小女孩的左手齊肘而斷，在上臂的部分雖綁了一條手帕，但大量的鮮血仍從傷口處流出，幾乎要淹沒我面前的地板。

「莫向陽，幫我找醫療用品！然後旁邊的女孩——」

「稱呼我愛莉莎就好。」

「好，愛莉莎，請妳來協助我進行傷口的應急手術！」

司馬封彎下身去，想要救助倒下的小女孩。

但是就在即將碰觸到她的那瞬間，他陡然停住了身子。

「怎麼了，司馬封？」

我探頭過去，然後很快地就知道他停止動作的原因。

那個小女孩的臉毫無血色，嘴脣也因失血過多而變得蒼白，一看就知道已經喪失了生命。

「看來是不用救助了。」

司馬封站起身來，臉上的表情已從原本的焦急轉為警察辦案時的冷酷。

「與其進行無用的救援，不如維護現場，以利之後的偵查。」

我打量躺在地上的屍體，那個小女孩怎麼看都是未成年，年齡大概落在十二、十三歲間。

斷掉的左手傷口很平整，身上的女僕服和漂亮的金色中長髮浸泡在地上的血窪中，吸滿了鮮血，從地上的血跡判斷，屍體應該沒有被移動過。

而死亡的時間點，從剛剛的情況判斷，應該就是我們聽到尖叫聲的時候。

「願妳在另一個世界平安。」

司馬封一邊這麼說，一邊將手中的刀子輕輕放到地板上。

雖然他沒特地說明，但這把刀應該就是造成那小女孩死亡的凶器。

「嗯？」

我看著地上的屍體以及刀子，一股不協調感突然從心中冒了出來。

「除了左手外，這個小女孩似乎並沒有其他傷痕。」

愛莉莎繞了一圈後，繼續說道：

「看來死因就是左手被斬斷後，失血過多而亡。」

等一下……

事情好像不太對。

在我和愛莉莎踏進「現在之館」後，這個「時之館」就變成了完全的密室。

雖不知「時之館」內共有多少人，但經過這陣子的探索後，除了死去的女孩之外，我們可以得知至少有「五人」。

我、愛莉莎、司馬焰、司馬封以及代理主人克拉。

「時之館」共有三個館。

要抵達「過去之館」和「未來之館」的唯一方法，就是打開位於「現在之館」的兩道厚重木門，走進「時空通道」中。

也就是說，我們可以將「現在之館」定義為本館，而東西兩個館則認定為依附為本館的分館。

當慘叫聲發生時，我和愛莉莎就站在木門前。

因為這個因素，我們可以完全明白誰出入過這些分館中。

仔細回想一下那時大家的所在地。

我和愛莉莎在「現在之館」。

克拉在「未來之館」和我談過話後，尚未從裡頭走出來。

司馬焰去尋找司馬封，雖沒看到她在何處，但我沒看到她前往其他分館的畫面，所以她應該也在「現在之館」中。

也就是說——

我的腦中不自覺地浮現一個可怕的可能性。

「司馬封。」

我身旁的愛莉莎突然開口，將我心中的疑問提了出來。

「在命案發生的那瞬間，似乎只有你在『過去之館』呢。」

「那又如何？」

「身為刑警的你應該很明白吧？」

愛莉莎指著地上的小女孩說道：

「在『過去之館』中有人被殺了，而恰巧在本館的我和莫向陽，證明了『除你之外』所有人的不在場證明。」

沒有不在場證明的人，只有司馬封一個人。

換句話說就是——

「回答我。」

愛莉莎往前踏了一步，以冰冷到連一旁的我都忍不住發抖的聲音問道：

「殺死這個小女孩的凶手，就是你嗎？」

「你們有這種想法也是正常的。」
即使被這樣指責，司馬封也沒有驚慌。
他不疾不徐地從懷中拿出香菸和黑色打火機，點起了香菸。
吸了一口煙後，他的眼睛放出銳利的光芒。
「不過，你們的結論下得太早了，沒有不在場證明的人，不只有我一個。」
「是這樣嗎？」
我剛剛的推論，有哪個地方不夠完善？
「不，已經很完善了，莫向陽。」
彷彿看穿了我的心聲，司馬封揮舞手上的香菸說道：
「要是『時之館只有五人』這個前提正確，那只有我有可能是凶手吧。」
「你的意思是，『時之館』中不只五人？」
「是的。」
司馬封指著「過去之館」的深處。
「這個館的裡頭，還有著『另一群人』。」
「原來如此。」
我身旁的愛莉莎突然握拳敲了一下平攤的手掌。
「剛剛我在探勘時看到的『那群人』，確實也有可能成為凶手。」

❖
❖
❖

「等一下，你們兩個。」

我趕緊伸手阻止對話繼續發展。

「從剛剛開始，你們說的『那群人』究竟是誰？」

面對我的疑問，司馬封和愛莉莎異口同聲地說道：

「『那還用說嗎？當然是『我們的過去』。』」

「…………」

從剛剛開始，我就聽不懂這兩個人在說什麼。

「莫向陽，你過來這一側。」

司馬封向我招了招手。

「看一下這個小女孩，你認為她是誰？」

「嗯？就算你叫我看……」

我的熟人中，沒有任何人是十三、四歲這個年紀啊？

「──咦？」

但是，我錯了。

當看到那副屍體的面容時，我感到異常的熟悉。

金色的長髮，酷似外國人的深邃五官以及身上的女僕服──

「克拉……？」

躺在地上悽慘死去的女孩，就像是縮小版的克拉。

「不對……應該說……」

心跳不知為何變得激烈，我不自覺地手摀胸口說道：

「就像是過去的克拉，被斬斷了左手而死？」

——喀。

當我意識到這個詭異事實的瞬間，背後突然傳出了異響。

我轉頭一看，結果看到了一位青年和兩個小孩，不知何時無聲無息地站在了我的身後。

「我是十年前的司馬焰。」

「我是十年前的司馬封。」

「我是十年前的愛莉莎。」

三個人同時對我鞠躬，臉上什麼表情都沒有。

「這是……什麼？」

六歲的司馬焰，二十歲的司馬封，十六歲的愛莉莎。

他們都穿著和本體一樣的服裝，有著和他們一樣的面容和身材，只是體型和臉龐較為稚嫩。

——彷彿是過去的他們，穿越時空來到了現在。

「這究竟……是什麼啊！」

過於超越常理的情景，讓我不禁雙手抱住了腦袋。

——**「『過去之館』中，裝著『我們十年前的過去』。」**

「等一下，該不會……」

既然其他三人都出現了，那不就表示——

「莫向陽。」

就像是聽到了自己在說話，在因為冷汗而模糊的視野中，出現了自己「過去」的身影。

「初次見面，未來的我。」

十年前的莫向陽，對我露出了陽光一般溫暖的微笑。

那是純粹、光明的笑容。

尚未被陌雪的死亡所塗黑，也尚未因陌羽而變得虛假。

「這不可能……」

面對那幸福無比的笑容，我不由得退了幾步。

「怎麼可能有這種事？這一定是『盲』搞的鬼。」

就像是溺水的人想要抓到救生板。

我的腦袋不斷運轉，想要尋找理由否定眼前的情景。

對了，只要事前做好準備，這並不是不能達到的事。

「未來的我啊，為何要否定自己呢？」

過去的莫向陽朝我走了過來。

「我沒有否定！你們都是假的！」

就跟那些餐具和家具一樣。

「只要事先找好兒童進行整形手術，接著再進行訓練，讓這些人模仿我們的言行。『盲』就能製造我們的過去！」

「那麼，讓我給你看看我是莫向陽的證據吧。」

過去的莫向陽對我露出微笑說道：

「我擁有你過去的記憶。」

「咦？」

「『跟過來的話，人生會變得亂七八糟喔』。」

「……」

「『要是待在我身旁，終有一天會被我殺掉的』。」

「你怎麼……會知道這個？」

這些都是初次見面時，陌雪曾跟我說過的話。

「不對——不對！」

我拚命搖頭！

陌雪說出這些話時，並非只有我們兩人。

或許是那些綁架犯中還有人活著，也或許是有什麼人路過剛好聽到。

「若是我能說出只有你們兩個知道的事，你是否就會相信我是莫向陽了？」

過去的莫向陽露出了似笑非笑的表情，就像是期待我接著的反應。

他緩緩地張開口，吐出了讓我震驚無比的話語——

「『最後，希望你能答應我一個約定當作回報。』」

他輕易地說出了我和陌雪十年前訂下的祕密約定。
除了陌雪和我外，沒有其他人知道此事。
他真的是過去的我？
他真的有著過去的記憶？
震驚過度的我感到天旋地轉，連好好站立都幾乎要辦不到。
「『請你答應我，莫向陽。』」
十年前的我、十年前的話語、十年前的約定。
「『在我要殺了你時——」
我感到十年前的景象緊緊掐住我的脖子，讓我完全喘不過氣來。
「『請你不擇手段地活下去吧。』」
——十年前的過往一口氣淹沒了我！
我發出了連我都沒聽過的慘叫聲！
被這樣的不合理狠狠侵蝕，我的意識很快地就被吞食殆盡。

chapter 3

時之館的法則

「嗚……」

深沉的黑暗纏上了我的身體，就像是無數的惡靈。

「嗚、嗚……」

這些黑暗就像是黏稠的泥巴，它緊緊包裹住了我，沒有露出任何一絲縫隙來。

「嗚、嗚、嗚啊——」

在一片黑暗中，躺著無數孩童的屍體。

我和愛莉莎手牽著手，看著這大量的屍體。

只剩下我們兩人了。

我們兩個相互依偎，把彼此當作唯一的依靠。

但我們的心中同時明白一個道理——

接著死的人，就是我們兩個人中的一人。

只要犧牲除我之外的他，就能順利活下去。

或許就是因為曾有過這樣的想法。

我們直到現在都抓不準彼此相處的距離。

「嗚、嗚呃、呃啊——」

身旁的愛莉莎不知何時消失了。

感到無法呼吸的我伸出手，卻什麼都抓不到。

身旁的黑暗越來越緊、越來越深——

「沒事的。」

此時，一陣溫暖突然覆蓋到了我的額頭上。

「我在這邊，沒事的喔。」

一道雪白撕破了這些黑暗，將我喚醒。

我緩緩張開眼。

——白。

一塵不染的白。

白色的長髮，白色的連衣裙。

沐浴在白色的陽光中，抱著我的陌雪閃閃發光。

這股純白過於暴力，使得我每次看到陌雪時，腦中都會被這股白塗滿，一時間說不出話來。

跟她身上的白相比，過往的黑暗根本就不算是什麼。

「又夢到以前的事了嗎？」

陌雪低著頭，對我露出了溫柔的笑容。

我打量四周，這才發現我正枕在陌雪的膝蓋上。

每次我作惡夢時，她都會像這樣安慰我。

但可能是不為了和我有過多的牽扯，她在確認我已經清醒和沒事後，就會馬上離開。

但是今天不知發生了什麼事，她並沒有選擇這麼做，而是繼續留了下來，開始和我閒聊。

「自我將你從那些犯罪組織中撿來算起，已經過了多久呢？」

「到今天剛好六年。」

「也就是說，你九歲時被我撿到，現在已十五歲了是嗎？」

「是啊，時間過得真快。」

「時光飛逝啊……」

陌雪輕嘆了一口氣說道：

「我也從當年的二十二歲變成二十二歲又七十二個月了嗎？」

「…………」

這個算法很奇怪。

但是要是吐槽她的話，她又要掏出懷中的小刀了，所以我選擇了閉口不言。

「聽說我的女兒陌羽也已經六歲囉！」

陌雪挺起胸膛，一副了不起的樣子說道：

「雖然我沒見過她也沒抱過她，但聽說她活得很健康。」

「這點妳可以放心，她成為一個很可愛的孩子了。」
在閒暇時，我曾幫忙保母照顧陌羽不少次。
不愧是陌雪的女兒，雖然不太愛笑，但那恬靜脫俗的氣質，已讓人預想到她長大後，必定會是個不得了的美少女。
「嘿嘿……很可愛是嗎？」
陌雪看著窗外，一臉羨慕地說道：
「要是能的話，真想看她一眼。」
聽到這兒，我終於明白她為何一反常態，特地來找我聊天了。
因為今天是陌羽六歲的生日。
「需要我拍張陌羽的照片給妳看嗎？」
「不用了，要是看了之後，冒起殺意就不好了。」
陌雪露出微笑說道：
「六年前，就是因為生了陌羽，所以才壓抑不住心中那股巨大的殺意，跑去殺了那群綁架你們的人。」
陌雪身上有著名為「可愛侵略性」的詛咒，若是越愛一個人，就會越想殺他。
原來她是生完陌羽後跑來殺人的？
她的表情就像是在說一件稀鬆平常的事，看著她天真無邪的笑容，我再一次的體認到她果然是個不得了的殺人鬼。
「不過……妳為何會想生孩子呢？」

甚至克服了重重困難，買了精子將其植入體內受孕。

「因為我想體會愛一個人的感覺。」

「……」

「我懷胎十月，經歷了生產的痛，雖然我和陌羽一面未見——」

陌雪閉上雙眼，以柔情無比的語氣說道：

「但真是不可思議，僅是這樣，我就知道自己愛著她。」

此時，在她身上的純白漸漸地消散，慢慢地塗上了名為母親的色彩。

看著陌雪這樣的神情，不知為何我突然羨慕起了陌羽。

「對了。」

陌雪突然低下頭來，對我說道：

「我也想送個禮物給你。」

「送給我？」

我十分驚訝。

雖然她會在我作惡夢時過來安撫我，但這六年來，除了必要的接觸外，我跟她就像是陌生人一般，各過各的生活。

「我想為你取一個名字。」

「我原本就有一個名字啊？妳的意思是希望我改名嗎？」

「並不是這樣的，之後的人生，你喜歡哪個名字就使用哪個吧。」

「這有意義嗎？」

「當然有意義，父母為孩子取名時，不都是蘊藏了祈願在其中嗎？」

陌雪輕輕地將我的頭放下，坐到了她常坐到的窗臺上。

「『取名』是你誕生後第一個從父母那邊收到的事物，是重要無比的禮物喔。」

不，我不是剛誕生，妳也不是我的父母吧？

雖然心中是這麼想的，但看著陌雪興致滿滿的表情，我沒有將這些不識趣的話說出口。

「在把你撿回來的那刻，我就決定將你取作『莫向陽』了。」

盤腿坐在窗臺上的初代殺人偵探，豎起手指說道：

「雖字不同，但莫跟『陌』同音，這隱含了你是我們家之人的意義。」

「那後面的『向陽』呢？」

「『莫向陽』——若單看字詞含義，指的是『不要面向太陽』。」

「……妳是要我一輩子活在陰暗中嗎？」

「不是這個意思，我只是希望你不要成為正義的那方。」

陌羽歪著頭，露出微笑說道：

「因為若是你成為太陽，我這片雪不就會被你融化嗎？」

「這不過是名字而已吧？」

「名字很重要的，比方說我女兒陌羽吧。」

陌雪指著牆壁外的另一側。

「我至今為止沒和她碰過面，做為母親，我從沒給過她什麼，但她的名字由我所取，這或許是我這輩子唯一能給予她的事物。」

「那麼，為何會給她『羽』這個名字呢？」

「我希望她能自由飛翔，不被我們家族的血緣束縛。」

窗外的陽光照了進來，將陌雪的臉龐塗得一片雪亮。

「我希望她能盡情的歡笑、生氣、難過——希望她能普通地愛上他人。」

看著那麼純淨的笑容，十五歲的我再度說不出話。

「我會幫助她做到這事的，雪姊姊。」

我向眼前的她說道：

「我會待在她身邊，讓她綻放出屬於自己的感情，不因為過度壓抑而成為一個人偶。」

「嗯，交給你了。」

「我會、我會——」

看著眼前閃閃發亮的陌雪，我壓抑心底深處的情感——同時也將情感藉著言語宣洩出來。

「我會讓陌羽愛上他人的。」

此時的我完全沒想到，這個約定竟會束縛我未來十年。

在那之後，我成為了殺人偵探的助手。

我將陌雪死掉的真相藏在心中，也隱藏自己的心意待在陌羽身邊。

我甚至——沒有將之後的這段對話向任何人說。

「對了，雪姊姊。」

我繼續問道：

「若是名字中隱含著取名者的祈願，那妳期待我什麼呢？」

僅僅是不要面向陽光而已嗎？

「莫向陽，我是個無可救藥的人。」

陌雪撫著自己的胸膛說道：

「即使我再想愛人，我都是個殘酷的殺人鬼，我沾滿鮮血的雙手，沒有擁抱陌羽的資格。」

「……」

「想必終有一天，奪走無數人命的我一定會不得好死吧。」

「雪姊姊……」

我想安慰她，卻不知為何一句話都說不出口。

「背對陽光，就意味著面向陰影。」

陌雪跳下窗臺，摸了摸我的頭，以溫柔的語氣說道：

「當你跟著我的那刻，你就是走入了黑暗之中。」

「嗯……」

但是，我從不後悔。

「你將永遠不會看到陽光，你的眼前將永遠只有黑暗。」

陌雪雙手扣在我的腦後，將我的身子拉近她。

但就在我即將靠在她身上時，她收了力。

我們呈現一個彷彿擁抱但又不是擁抱的姿勢。

「但是，希望你別忘了——」

「我和陌羽就在那片黑暗之中。」

我緩緩閉上雙眼，讓自己沉浸在陌雪的氣味和聲音中。

「就算一片黑暗，依然希望你能注視著我們——這是我對你名字的祈願。」

「我明白了。」

從那天起，我就捨棄了原本的名字，以莫向陽之名自稱。

也是從那天起，六年前的惡夢再也沒有在睡夢中出現。

或許是因為這個名字而得到了新的人生，也或許是因為我意識到不用懼怕陌雪和陌羽所在的黑暗。

「最後，希望你能答應我一個約定當作回報。」

陌雪離開我的身前，坐回了窗臺上。

「什麼約定呢？」

「請你答應我，莫向陽。」

陌雪露出我一直看到的純白笑容說道：

「在我要殺了你時——」

「請你不擇手段地活下去吧。」

眩目的白光再度從窗外照了進來，淹沒了陌雪的身影，就像是要將其吞噬一般。

❖ ❖ ❖

「你醒了？」

當我睜開眼的那刻，映入視野中的是白金色的眼睫毛和墨綠色的雙眼。

「愛莉莎……？」

有些頭重腳輕的我，掙扎著爬起身來。

「我昏倒多久了？」

「大概十分鐘吧。」

「十分鐘啊……」

竟夢到了莫向陽誕生的那天。

「我剛睡著時，有沒有說什麼奇怪的話？」

「奇怪的話？『好想要把雪姊姊染黑』算嗎？」

「……」

「還是『想把陌羽的羽毛弄髒』這句話？」

「……這也太奇怪了吧？」

「是啊，真的很奇怪，你是怎麼到現在都沒被抓走的？警察也太無能了吧。」

「我不是在說這個……」

我真的說了這麼誇張的夢話嗎？

「我是開玩笑的。」

「啊？」

「我剛是說笑的，你昏倒時什麼話都沒說。」

「妳面無表情說這些話，看起來一點都不像是開玩笑。」

「想要表情是嗎？沒問題。」

愛莉莎皺起眉頭，一臉嫌惡地說道：

「身體好點了嗎？沒用的東西。」

「……身體好了，但心情變差了。」

我輕嘆了一口氣，站起身來。

「不過謝謝妳，我知道這是妳表達關心的方式。」

就連昏倒時，照顧我的人大概都是愛莉莎吧。

「我才不需要你的道謝呢，噁心死了。」

愛莉莎摸了摸自己胸前的倒十字架吊飾。

「與其謝我，不如趕快振作起來。」

「放心吧，多虧剛剛暈倒時作的夢，我已經完全恢復了。」

我最害怕的事情，是被陌羽發現十年前的真相。

但是，她現在並不在「時之館」中。

所以，沒有什麼好逃的。

——**在我要殺了你時，請你不擇手段地活下去吧。**

以最卑劣的方式犧牲了陌雪的性命後，我才得以活了下來。

無論如何，我都不能在這邊死去。

不管這裡有多詭異，但畢竟是由「盲」這個人類所建。

只要冷靜下來，一定能發現一些突破困境的蛛絲馬跡。

「話說回來，司馬封呢？」

我四處張望，結果發現這邊只有我和愛莉莎，以及躺在地上的小克拉屍體。

「他剛剛去詳細探索『過去之館』了，想要確認有沒有除我們之外的『現在之人』躲藏在裡頭。」

「『現在之人』……是嗎？」

「也只能這樣稱呼了。」

「也就是說，那些『十年前的我們』，就是『過去之人』囉？」

「沒錯，不過讓人失望的是，即使司馬封仔細搜索，依然沒有找到除了我們之外的『現在之人』。」

「唔嗯……」

「所以他現在正將『過去之人』集中起來，個別問話。」

「先來整理一下現在的情況吧。」
我在腦中回想至今遇到的事。
「在『時之館』中的人員，基本已確認了。」
「現在之人」有五人：莫向陽、愛莉莎、克拉、司馬焰和司馬封。
「『過去之人』，也一樣有『五人』。」
「或許我們可以做個簡單的推論，『現在之人』有幾人，『過去之館』就會出現幾人。」
「就跟那些桌椅和餐具一樣。」
不管「現在」有了什麼，在「過去」和「未來」都會準備同樣的一份。
「不過……若照這樣的推論，『未來之館』應該也要有人才對啊？」
應該要看到「十年後」的我們。
「但事實是，『未來之館』中並沒有所謂的『未來之人』。」
「我認為這點即使深入思考，意義也不大。」
愛莉莎輕輕搖了搖頭說道：
「造成這個因素的原因有很多，但反正『未來之館』到底有沒有人，對現在的狀況都沒有差異。」
「妳說得對。」
先確認目前已經存在的嫌犯人數吧。
「若是將目前看到的人加起來，『時之館』中總人數，應該是『十人』。」

「十人……是嗎？」

聽到我這麼說，愛莉莎低頭沉吟。

「有哪裡不對嗎？」

「總覺得人的總數不對。」

「怎麼說？」

「你還記得進館前，克拉向我們說了什麼嗎？」

「不過別擔心，主人若是不在，諸位貴賓無法盡興，也顯得很失禮對吧？」

克拉露出燦爛的笑容，將手往旁一擺說道：

「我可以保證，我的主人──『盲』就在館中。」

「如果『盲』在館內，那麼，館內就不只『十人』吧？」

「嗯……」

「應該是『十一人』才對。」

「或許是『盲』躲藏在密道或是祕密房間中，讓我們找不到？」

「這也是可能的，但我總有股直覺，認為並不是如此。」

「為什麼？」

「你仔細回想至今為止遇過的案件，『盲』雖然滿口謊言，但他一定會遵守他的遊戲規則。」

「沒錯……」

就算會說謊，但也絕對不會篡改關鍵的證據。

在平樂園中，盲並沒有操控活體偵測的數字。

在闕梅學院中，她的計策也是圍繞著殘缺姬傳說在轉，並沒有砍傷傳說以外的身體部位。

「時之館的法則目前應該是如此——『現在之人』的存在，會誕生『過去之人』。」成雙配對，一同出現。

「『盲』的『過去』並沒出現，所以這證明了『盲』的『現在』並不存在。」

「真的單憑這樣就能如此斷定嗎？」

「要不然你認為是如何呢？」

「『盲』善於變裝，所以，他可能已假扮某人混了進來。」

「所以，這十人中，可能就有一人是『盲』？」

「是的。」

我已向司馬焰確認過了，她是貨真價實的本人。

那麼，接著就是——

「愛莉莎。」

我伸出雙手，正色說道：

「我可以摸一下妳的身體嗎？」

「…………」

愛莉莎瞬間雙手交叉，擺在胸前做出防衛姿勢。

「怎麼樣，不行嗎？」

「……你這人渣。」

愛莉莎狠瞪著我說道：

「就算再怎麼思念陌羽大小姐，也不能把我當作她的替代品啊。」

「妳誤會了，要是陌羽的話，我那性騷擾的程度才不只如此呢。」

我雙手不斷握緊又張開說道：

「我會跟她說：『放心，只是輕輕碰一下而已，只是前端稍稍進去一下而已──我說的是手指頭刺進去肌膚中。』」

「可憐的陌羽大小姐……」

愛莉莎一臉哀戚地說道：

「有莫向陽這種變態在身邊，難怪她會選擇孤獨一生，不與任何人來往。」

「是啊，我可不是值得她在一起的人呢。」

──**「她們全部人加起來，都比不上一個莫向陽重要！」**

腦中響起了陌羽之前說過的話，被砍斷的左手小指不知為何疼痛了起來，我趕緊用右手握住左手遮掩。

「希望她能忘掉懦弱逃走的我，找到真正待她好的人。」

「……」

愛莉莎看了我一眼，似乎是想說什麼。

但是她最終只是抿了抿嘴，什麼話都沒說地走到我的面前。

「摸吧。」

「嗯？」

「不是想確認我是不是『盲』化妝而成的嗎？」

愛莉莎微微抬起臉，閉上雙眼。

「我不輕易讓人碰我的，所以趁我還沒改變主意前快摸。」

「……妳怎麼突然轉念了？」

「廢話少說，要摸就快點。」

「…………」

我輕撫愛莉莎的面龐。

她的皮膚細緻滑嫩，甚至讓我有種在摸細絹的錯覺。

就跟司馬焰一樣，愛莉莎的臉沒有任何化妝的痕跡。

所以，她也不是「盲」。

「妳的臉好冰，有在好好吃飯嗎？」

「要你管。」

「……我是關心妳。」

「如果只是偶一為之的關心，那就不必了。」

愛莉莎「啪」的一聲拍掉我的手。

「一時興起的關心，跟同情沒有兩樣。」

「嗯……」

「若是想關心一個人，就請全心全意地注視她。」

「我一直都是這麼對待陌羽的。」

「…………那很好啊。」

雖然表面上這麼說，愛莉莎不知為何又露出不悅的表情。

「總之，回到原本的話題吧。」

嗅到不妙的氣息，我趕緊轉移話題。

「妳認為殺死小克拉的人是誰？」

「先羅列一下目前已知的線索。」

死因：左手齊肘而斷，失血過多而死。

凶器：在屍體旁的刀子。

死亡地點：過去之館。

「若尖叫聲響起時就是命案發生的時刻，那結論就很簡單了。」

愛莉莎指了指地板。

「該時段待在『過去之館』的人，就是凶手。」

這瞬間，一股重重的違和感襲上了我的心頭。

有什麼很不對勁的事。

我們漏了一件很重要的事。

但就在我抓住那件事是什麼前，愛莉莎繼續了她的推論。

「在『過去之館』的嫌疑犯有『五人』。」

「大小司馬封、小莫向陽、小愛莉莎和小司馬焰吧？」

「沒錯。」

「不過呢，這只是表面而已，所有『過去之人』的嫌疑都能排除。」

「為何？」

「你仔細想想我們剛剛和『過去之人』遇到時的情景。」

「嗯……」

我抱臂沉吟了一會兒後，很快地就明白愛莉莎在說什麼。

「原來如此，原因出在『血跡』是嗎？」

小克拉的死因是左手被砍斷，不管凶手是誰，只要以此種方式殺了小克拉，那濺起的鮮血就必定會在身上留下痕跡。

「當我們聽到尖叫聲後，我們馬上就來到了『過去之館』，這之中的時間差，大概只有五分鐘。」

「這麼短的時間中，凶手是不可能將身上的血跡完全清除掉的。」

回想那時看到的情景，所有「過去之人」身上都是乾淨無比，一滴血都沒沾到。

染滿鮮血的，只有一個人——

「凶手就是司馬封。」

「…………」

「他殺了小克拉，然後再從『過去通道』跑回『現在之館』，假裝是想要救助她。」

「真難以相信……」

身為特殊命案科的警官，竟會以如此殘忍的方式殺掉這個小女孩？

「若是線索呈現的結果只有一個，那不管是再難相信的事實，那也都是真相。」

「他的動機又是什麼？根本沒有理由去把這樣的小女孩殺掉吧？」

「或許……是想要隱瞞自己的過去？」

聽到愛莉莎這麼說，我的腦中浮現了剛剛和小莫向陽對話時的情景。

雖然不知道「盲」是怎麼做到的，但這些「過去之人」，確實有著十年前的記憶。

「就跟你一樣，小克拉知曉著司馬封不想透露的真相，所以為了封口，司馬封才將她殺了。」

「……就像我不想讓陌羽知道十年前的真相一樣嗎？」

——**「『莫向陽，我在此宣言。你必定會殺人——就跟你在十年前殺了陌雪一樣。』」**

此時，克拉代替「盲」的宣言，突然閃過我的腦中。

「原來如此啊，愛莉莎……」

妳早就看透了這個「時之館」的惡意。

「妳之所以會和我許下約定，就是預料到我會為了隱瞞過去的真相而殺了小莫向陽，是嗎？」

「…………」

被我識破用意，愛莉莎瞄了我一眼後，閉口不言。

看來她是默認了。

她關心我的方式還是一樣這麼難懂。

「妳放心吧，既然知道這是『盲』故意為之，那我就不會輕易地順著他的心意行事——」

「……真的是如此嗎？」

「嗯？」

「那我問你，若是陌羽大小姐現在突然出現在這邊，你會怎麼做呢？」

就像是想要看穿我的一切，愛莉莎緊緊盯著我的雙眼問道：

「當小莫向陽即將向陌羽大小姐說出十年前的真相——」

「你能跟我保證你不會殺了小莫向陽嗎？」

「…………………………」

我不禁沉默不語。

一時之間，我們兩個互看彼此，什麼話都沒說。

「約好了喔。」

愛莉莎翹起小拇指。

「要是你動了殺人的念頭，請你在殺人前，先把我給殺了。」

銀白色的長髮，白色的女僕圍裙。

說著這句話的愛莉莎，在這瞬間的身影與過去的陌雪重疊。

看著這樣的她，我忍不住開口問道：

「……妳知道嗎？」

「知道什麼？」

「妳知道陌雪是怎麼死的嗎？」

「不管她是怎麼死的，我都不感興趣。」

「……」

「活著的人永遠比死掉的人重要。」

愛莉莎對著我緩緩說道：

「與其思考她是怎麼死的，我寧願探究該怎麼活下去。」

「嗯……」

「莫向陽，我常罵你沒用的東西，而我也真的是這麼想的。」

愛莉莎轉過身去，就像是不想再多看我一眼。

「但是——」

「這並不代表，我不希望你活得幸福。」

——司馬封就是殺害小克拉的凶手。

我和愛莉莎決定隱瞞這個推論，裝作什麼都沒發現的和司馬封相處。

因為若真的點破他是凶手，說不定他會鋌而走險，將我和愛莉莎一併殺了。

而且不將此事說出口，對我們也比較有利。

先不要刺激他的戒心，說不定能發現更多疑點證明他就是凶手。

❖　❖　❖

「我剛剛和所有『過去之人』談過了，但沒得到什麼值得討論的情報。」

司馬封將手上的菸握進拳頭，按熄後說道：

「不管問他們什麼，他們都面無表情，一句話都不說，就像是壞掉的玩偶。」

我看著遠方的「過去之人」。

小司馬封、小莫向陽、小司馬焰和小愛莉莎四人，乖乖地坐在感覺快塌的破舊餐桌旁，沉默不語。

雖然他們什麼都沒做，但看著自己十年前的過去就坐在那邊……其實感覺很不舒服。

「唯一得到的一點收穫，大概是確認了這些人身上也有ＩＤ卡。」

「所以，他們和我們一樣，可以自由進出三個館囉。」

「是啊，而且我確認過了。」

司馬封從懷中拿出已經死去的小克拉ＩＤ卡，這大概是他剛剛搜查時從她懷中拿出來的。

「即使不是用自己的ＩＤ卡，也可以打開門。」

「……這樣看來，這個ＩＤ卡好像一點防盜的效果都沒有。」

所有在「時之館」的人都有ＩＤ卡，而且可以拿他人的卡開門。

「既然是『盲』發給我們的，那他應該有他的用意吧。」

司馬封一邊說一邊將風衣脫了下來，露出充滿傷痕且健壯的身體。

「這沾滿血的風衣看來也是不能穿了，真是可惜。」

染著血的衣服放到了餐桌上，而依據愛莉莎的推論，那也是他是凶手的證據。

不過，為了套出更多線索，我還是裝傻問道：

「司馬封，你認為是誰殺了小克拉呢？」

「我不知道，線索不足。」

司馬封點起第二根菸，抱起雙臂開始沉思。

「我進入『時之館』後，就先到了『過去之館』探索，豈料沒逛多久就聽到了尖叫聲，跑過去一看，小克拉的手已經斷了，刀子也掉在她旁邊，我趕緊用手中的手帕綁住她的上臂，想要止血。」

「嗯。」

「在綁的過程中，重傷的她最後揮了一下左手，噴出的鮮血也因此濺上了我的風衣。」

也就是說小克拉臨死前的動作，導致了司馬封身上的風衣滿是鮮血。

我看著小克拉臂上的手帕，對司馬封是凶手一事越來越感到疑惑。

雖然確實存在著混淆視聽的可能性，但若他真是凶手，他會對小克拉進行緊急救護嗎？

「為了怕有人在我離開後繼續加害於她，我將刀子帶離了現場。」

「為何要這麼做？而不是在現場繼續施救？」

「因為我判斷那種重傷，憑我手邊有的事物無法進行有效的救助。」

司馬封用香菸指著「過去通道」說道：

「所以我跑回『現在之館』想要找人幫忙，若是可以的話，也想找到醫療用品。」

聽起來很合理，甚至冷靜地讓人欽佩。

司馬封的應對，是通往拯救小克拉最短也是唯一的路徑。

若是我和他立場互換，我大概會驚慌失措一陣子才採取行動。

「…………」

司馬封真的是凶手嗎？

坦白說我的心中，對這個事實還是有著些許懷疑。

從過去的案子中，可以看出他的辦案經驗豐富，反應也十分迅捷。

若他真是凶手，他一定會製造完美的不在場證明，也不會留下風衣染血這樣的破綻的。

「愛莉莎。」

我以司馬封聽不到的聲音在她耳邊說道：

「我覺得還有一種可能性，那就是我們眼前的司馬封，其實由『盲』所假扮。」

「確實有這可能性。」

「所以，妳去摸一下他的臉吧。」

「啊？」

愛莉莎露骨地咂了一下嘴。

「為何是我要去做這種事。」

雖然從之前就有點發覺了，但愛莉莎果然有點精神潔癖。不喜歡接近其他人，也絕不允許其他人摸到她。

「為何是妳去做這事？那當然是因為穿著女僕裝的妳很適合這麼做啊。」

「……」

「試著化身成迷糊女僕角色，假裝幫司馬封點菸，接著一不小心跌進他的懷中，趁機亂摸他一番——」

「司馬封。」

愛莉莎突然發難道：

「莫向陽想要摸你。」

「妳這傢伙竟敢背叛我啊！」

「……」

雖然司馬封努力裝作不在意的樣子，但我注意到他拿著菸的手抖了一下。

「莫向陽說他已經無法克制撫摸你的衝動，要是現在不馬上碰你，藏在他身體深處的慾望就會爆裂，一發不可收拾——」

「那個……我是不是把脫掉的風衣穿上比較好？」

「沒關係！你保持原樣就好。」

「莫向陽就喜歡你這種露出度比較高的樣子！」

「愛莉莎妳給我閉嘴！」

「好啦！既然『過去之館』沒什麼好查的。」

司馬封以開朗到不自然的語氣，打斷我後說道：

「我們還是先回『現在之館』，再做打算吧。」

「司馬封，你聽我解釋——」

「不用了，你什麼都不用說。」

不知為何滿頭冷汗的司馬封，趕緊豎起手掌制止我。

「若是真的有什麼很想跟我說的，出了這個『時之館』後再跟我說吧。」

「…………」

總覺得好像造成了什麼不得了的誤會。

我狠狠瞪了愛莉莎一眼，面無表情的她比了個「Y」，放到自己的眼睛旁。

妳的角色個性是這樣嗎？是不是崩壞了？

「為了保存殺人現場和監視那些『過去之人』，我留在這邊吧。」

愛莉莎自告奮勇，但我很快就明白，她是不想讓司馬封單獨一個人。

「你們若是找到克拉這個代理主人，也跟她報告小克拉死亡的事，看她打算怎麼處理。」

「交給我們吧。」

用ＩＤ卡打開緊閉的木門，我和司馬封踏入「過去通道」中，往「現在之館」走去。

就著通道中的微弱亮光，我看著司馬封的背影。

他究竟是不是「盲」？

「現在之人」中，已確定我、司馬焰、愛莉莎三人不是「盲」。

也就是說，可能的人選只剩下克拉和司馬封兩人。

「司馬封。」

為了進一步確認，我開口說道：

「你的妹妹司馬焰也在『時之館』喔。」

聽到我這麼說，他一瞬間停止了腳步。

「……謝謝你告知，好在這邊有三個館，我會特別注意，不要讓她找到我的。」

「要是被找到了會如何？」

「她大概會將我殺掉。」

「……」

「你也聽過她的口頭禪吧。」

——愛就要將自己的一切奉上，恨就要傾盡一輩子不原諒對方。

「那都是真的，我的妹妹就是如此偏激的人。」

司馬封輕嘆一口氣。

「不過這也不能怪她，畢竟她的成長過程非常扭曲。」

「記得有聽你說過，你放跑的犯人闖到你們家，將家人全都殺了？」

「是啊，而且從那之後，發生了一些事……」

「什麼事呢？」

「也沒什麼，就是我跟她說了一些話。」

司馬封擺了擺手說道：

「聽完我說的那些話後，司馬焰就失蹤了，我到處都找不到她。」

「嗯……」

「等到我下次發現她時，她已在闕梅學院中了。」

會說出這些話，眼前的司馬封感覺也是貨真價實的本人。

也就是說克拉就是「盲」？

真相真有這麼簡單？還是「盲」就是刻意設計如此，讓我們誤以為不可能的真相才是真相？

我越深入思考越覺得腦袋混亂。

我知道我深陷「盲」的陷阱中，但我連什麼時候陷進去的都不知道。

「莫向陽。」

司馬封突然喊了我一聲，切斷了我那糾纏的思緒。

「目前為止，你在『時之館』看到什麼？又遇到幾個『現在之人』了？詳細跟我說一下。」

我點了點頭，將目前為止所知的情報說了出來。

聽罷後，司馬封深深地嘆了口氣。

「我知道『盲』想做什麼了，用心真可謂險惡至極。」

「他想做什麼？」

「他想要誘使我們自相殘殺。」

——**「盲不殺人」、「盲總在背後策劃」、「盲是分析人類的專家」**。

「他刻意地將有因緣的人集合在這個館，想要誘發殺人案的誕生。」

——司馬封和司馬焰。

——莫向陽和莫向陽十年前的過去。

以及——

「要是你動了殺人的念頭，請你在殺人前，先把我給殺了。」

——我和愛莉莎。

「對了，你身旁的女僕，是叫愛莉莎是嗎？」

「是的，她之前是陌雪的專屬女僕，現在則是陌羽的。」

「嗯……」

即使在黯淡的亮光中，依然能清楚地看到司馬封的眉頭深鎖，緊緊揪在一起。

「有什麼不對嗎？」

「不，可能是我多心了，我應該是第一次和她見面沒錯。」

「應該……？」

「總覺得好像在哪裡看過她，但是我想不起來在哪裡。」

「會不會是忘了？」

「只要是看過的人，我基本都不會忘記才對。」

「……」

「莫向陽，你確定她就是你認識的愛莉莎嗎？」

「應該——」

「她可曾長時間消失不在過？」

司馬封的這句話，讓我把說到一半的話吞了下去。

「看你這表情，我應該是猜對了。」

司馬封的雙眼，放出了光芒。

「愛莉莎被某人取代的可能性，並不是零。」

「你的意思是……她就是『盲』？」

「機率很高。」

「可是，我曾摸過她的臉，沒有任何化妝的——」

「那麼，如果不是化妝，而是整容呢？」

「……………」

「若是整容成愛莉莎的模樣，那麼當然不會有變裝的痕跡吧？」

司馬封以嚴肅至極的表情說道：

「總之，我們應該多提防她一些。」

愛莉莎認為司馬封是殺人凶手。

司馬封則認為愛莉莎是「盲」。

我究竟該相信誰好？

不過這樣的煩惱，很快地就變得一點都不重要了。

因為等到「過去通道」結束，踏入「現在之館」的瞬間，擺在我和司馬封面前的，是彷彿時光倒流的情景。

「咦……？」

這樣的既視感，甚至讓我不禁揉了揉眼睛，確認自己有沒有看錯。

只見一個人躺在「現在之館」的地板上，但因為臉側轉過去，從我們這個方向看，恰巧無法看見她的面容。

「怎麼會……？」

我繞到她的正面察看。

金色的長髮，酷似外國人的深邃五官以及身上的女僕服——

「死了。」

和我一同查看的司馬封，毫不留情地說出了結論。

「時之館的代理主人——克拉死了。」

沾滿血的凶刀就擺在身體旁，克拉斷掉的左手傷口很平整，身上的女僕服和漂亮的金色中長髮浸泡在地上的血窪中，吸滿了鮮血。

「不只如此吧……這個、這個……」

「沒錯。」

司馬封緊握拳頭說道：

「彷彿被詛咒一般，克拉的死因和死亡情景——」

「和『過去之館』的小克拉一模一樣。」

❖ ❖ ❖

「凶器和傷口位置幾乎相同，就連最終的死亡姿勢都如出一轍。」

司馬封仔細調查克拉的屍體後說道：

「就像複製貼上我們剛剛所看到的命案，差異只在死者的不同。」

還有一點小小的不同，這邊的克拉因為沒有經過司馬封的救助，所以手臂上少了一條手帕。

「這也太詭異了……」

是誰，又是為了什麼殺了克拉？

「不對……」

第二起命案比第一起單純許多。

我轉身看向身後的兩道木門。

我跟司馬封一打開門，就看到了克拉的屍體。

克拉死亡的時間點，很明顯是在我們在「過去之館」時。

當我們在「過去通道」行走時，沒有任何人越過我們。

也就是說——在「過去之館」的人，絕對不可能是凶手。

「司馬封，剛剛在『過去之館』的人有誰？」

「現在之人三位，過去之人四位。」

現在之人：我、司馬封、愛莉莎。

至於過去之人連死掉的小克拉一起算，可以說是全數到齊。

「等一下，若是這些人都排除在凶手之外——」

「只有一個人有可能殺掉克拉。」

司馬封站起身來，嘆了口氣說道：

「那就是我的妹妹——司馬焰。」

得出結論的我們，不禁面面相覷，同時沉默了下來。

「雖然這樣說很奇怪……」

忍不住的我，將心中的想法吐了出來：

「但是在將你殺掉前，我不覺得小焰會殺了任何人。」

「真是巧啊，我也是這麼認為的。」

「那麼，究竟是怎麼回事呢？」

「我不知道。」

司馬封搖了搖頭後，看著「現在之館」的深處。

「總之，現在先去把司馬焰找出來吧。」

我和司馬封分頭去尋找不見的司馬焰。

但是詭異的是，「現在之館」中，完全沒有司馬焰的身影。

為了進一步尋找她，我們決定前往「未來之館」。

「兩位貴賓，許久不見。」

只是，出乎我們意料之外的，在「未來之館」等著我們的人，並不是司馬焰。

更進一步地說，那根本不能算是人類。

只見以玻璃製成的餐桌，不知何時升起了一個液晶螢幕。

裝在螢幕裡頭的克拉，向我們露出了成熟的笑容。

「『過去』和『現在』的我，似乎給兩位添了不少麻煩。」

死掉的克拉在螢幕中，向我和司馬封低下了頭。

「請容我在此跟兩位貴賓致歉。」

螢幕中的克拉只有上半身，她穿著女僕服，衣裝打扮和死掉的克拉們完全相同。

但若是仔細看，會發覺她的眼角有著些許魚尾紋，皮膚也不像是我們看到的克拉那般細緻。

就像是——

「十年後的……克拉？」

「是的，我是三十四歲的克拉。」

「……」

過於超現實的情景，讓我和司馬封一句話都說不出來。

「還記得我十年前說過的話嗎？『現在』的我，不能將『時之館』的祕密說出來。」

克拉微微歪了歪頭，向我們露出風情萬種的笑容說道：

「但是請別擔心，『未來』的我，遲早有一天會跟你說的。」

誰能料想得到會是如此。

「未來之館」中的「未來之人」，竟是裝在螢幕中的電子影像。

狀況越來越詭異了。

「但是，為何妳突然出現了？」

之前我們在「未來之館」時，並沒有看到這個螢幕啊。

「因為滿足了時之館的『法則』，所以我才出現了。」

「時之館的『法則』？」

「只要『過去之人』死掉，那麼『現在之人』就會跟著死去。」

「啊？」

「死去的『現在之人』，靈魂將被抽取，這些靈魂會裝到『未來之館』的螢幕中，昇華成十年後的人格。」

「這種事……怎麼可能……」
「真的不可能嗎？」
未來的克拉露出詭異的笑容。
「你分明就沒有穿越時空過，你怎麼知道這種事辦不到呢。」
「不，別騙人了，這一切都只是唬人的幌子。」
司馬封往前踏了一步後說道：
「只要事先依據我們的照片製作影像，接著再躲在暗處進行操作就好，這種彷彿穿越時空的把戲，任何人都辦得到。」
「挺會說的嘛。」
未來克拉單手摀著嘴，就像是嘲笑我們說道：
「那麼至今為止發生的命案，想必你們都已經找出了合理的凶手了？」
「……」
司馬封沉默了下來。
雖然我們心中都已推出了嫌疑犯，但那之中都有著違和可議之處。
「想不通對吧？難以理解對吧？」
未來克拉愉快地笑道：
「那麼，為何不問問看命案的目擊者呢？」
「目擊者？誰？」
「那當然是『我』啊！」

未來克拉手撫著胸口說道：

「別忘了，我可是十年後的克拉啊！我擁有過去的記憶，所以我當然可以告訴你們我自己是怎麼死的。」

「那麼……請妳告訴我們。妳是怎麼死的？」

「我是左手被斬斷，失血過多而死的。」

「這個我們早就知道了，我想問的是，究竟是誰砍斷了妳的手。」

「『沒有人』喔。」

「……」

「根本就不存在砍斷我手的人。」

「開什麼玩笑！」

司馬封大聲喝斥！

「妳的意思是，妳的手就這樣憑空斷掉嗎？」

「是的，就是如此。」

未來克拉一邊撫著自己左手一邊說道：

「時之館的『法則』就是如此，只要殺掉『過去之人』，『現在之人』就會馬上以同樣的方式死去。」

「這一點都不合理！」

「不管合不合理，這都是真相。」

「別胡扯了！這又不是科幻小說！」

「『時之館』同時具備『過去』、『現在』、『未來』三個時空，靠著『盲』主人的力量，這三個時空已經得到了連結，未來的我之所以在這邊，就是最好的證明。」

「光憑一個未來影像，就想要我們相信妳剛剛說的愚蠢『法則』嗎？」

「不管你們願不願意相信都無所謂——」

未來克拉手一擺，就像是宣布好戲登場一般。

「因為擺在你們面前的殘酷景象，遲早會逼著你們相信這一切的。」

就像是要印證未來克拉的話，第二個異變就在這個時間點，突如其來的降臨了！

「啊啊啊啊啊啊啊啊啊啊啊啊啊啊——！」

一個熟悉的慘叫聲響了起來！讓我就像被電到一般腦袋一片空白。

「啊啊、啊啊、嗚啊啊啊啊啊啊啊——！」

彷彿正在經歷什麼常人無法忍受的酷刑，慘叫聲迴響了整個館，讓人聽了寒毛直豎。

「愛莉莎……？」

雖然我不曾聽過她如此慘叫，但那聲音十分像她。

著急的我馬上以最快速度轉身，向著「未來通道」跑去！

「莫向陽啊，別忘了我說過的話。」

未來克拉的聲音，在身後迴響。

「殺掉過去，即意味著殺掉現在。」

混著「未來通道」的黑暗，她的話語就像是鬼魂一般纏了上來。

「但即使全都死了，也請別悲傷、別難過。」

未來克拉的嘴中，流瀉出了一連串銀鈴般的笑聲。

「因為死掉後，所有人最後都會在未來重逢，永遠永遠地待在此處——」

「啊哈、啊哈——啊哈哈哈哈哈哈哈哈哈哈哈哈！」

❖ ❖ ❖

跑完「未來通道」，我抵達了「現在之館」。

我不知道剛剛的慘叫聲是從哪裡傳來的，但依照之前的命案來看——

「應該是『過去之館』！」

我打開木門，以最快速度朝著「過去之館」跑去！

這是第幾次跑往過去了？

總覺得今天不斷在過去、現在和未來間跑動，腦子似乎都要變得奇怪了。

——**「當你該被責罵時，不管幾次，不管你在哪裡，我都會來罵你的。」**

在一片黑暗中，與愛莉莎的回憶不知為何不斷湧現。

——「我不輕易讓人碰我的，所以趁我還沒改變主意前快摸。」

——「一時興起的關心，跟同情沒有兩樣。」

「我不需要看到這些！」

我不斷揮著被陌羽斬斷小指的左手，想要驅散這些不祥的走馬燈！

「愛莉莎不會有事的！她怎麼可能會有事！」

——「若是想關心一個人，就請全心全意地注視她。」

——「活著的人永遠比死掉的人重要。」

「雖然很冷淡又面無表情，但她可是從十六年前的地獄和我一同活下來的人啊！」

——「莫向陽，我常罵你沒用的東西，而我也真的是這麼想的。」

「這樣的妳，怎麼可能會一句道別都沒說，就這樣離開這世間呢！」

——「但是這並不代表，我不希望你活得幸福。」

黑暗走盡，亮光閃爍。

終點無預警的到來了。

抵達「過去之館」的我，必須強自撐著，才能看著眼前那悽慘無比的狀況而不暈倒。

只見餐廳上方的十字架，一個人被綁在上頭。

一樣是左手被齊肘斬斷，大量的鮮血順著十字架流了下來，染紅了牆壁和地面。

「小愛莉莎……」

等到我發覺時，我已經雙膝跪倒在地，就像是在膜拜頭頂的屍體。

——**「只要殺掉『過去之人』，『現在之人』就會馬上以同樣的方式死去。」**

「這怎麼可能……」

我感覺自己的意識似乎因為過大的打擊而變得模糊，但我仍緊咬牙關，往「現在之館」走去。

「殺掉過去，現在的人就會跟著死去，這種開玩笑的事，怎麼可能會發生……」

雖然我嘴中不斷否定，但我心中深處明白，我已漸漸被「時之館」的「法則」影響和詛咒。

「不會的，不會有這種事發生的……」

愛莉莎不會死的。

我剛才和司馬封聽到的是小愛莉莎的慘叫聲，並不是愛莉莎。

等到下次看到她時，她一定一樣會面無表情地，向我吐出惡毒至極的言論。

我不斷地在「過去通道」走著，覺得自己逐漸被時光洪流吞沒。

黑暗走盡，亮光閃爍。

下一個終點到來了。

「愛莉莎突然飛了起來。」

當我抵達「現在之館」後，小司馬封對我這麼說道。

「就像是有一把隱形的刀子砍向她的手，她的左手憑空斷掉，落了下來。」

小司馬焰站在地上的斷手旁，向我這麼說道。

「無數的膠帶出現，將愛莉莎的身體綑在了十字架上，大量的鮮血就像是瀑布一樣噴了下來。」

小莫向陽指著高處的愛莉莎，向我這麼說道。

「為什麼……事情會變成這樣？」

我必須強自撐著，才能看著眼前那悽慘無比的狀況而不暈倒。

只見餐廳上方的十字架，一個人被綁在上頭。

一樣是左手被齊肘斬斷，大量的鮮血順著十字架流了下來，染紅了牆壁和地面。

「愛莉莎……？」

因為距離有點遠，長長的瀏海又遮住了一部分的臉。

我抱著最後一絲希望，拿起擺在十字架旁的長梯爬了上去。

撥開因為鮮血而黏住的銀白色瀏海，出現在我面前的是一張清麗無比的臉龐。

被綁在十字架上的人，毫無疑問的是我一直以來認識的愛莉莎，只是少了一隻左手。

我伸出顫抖的雙手，輕撫她變得冰冷的面頰。

「不是說好了嗎……」

——「要是你動了殺人的念頭，請你在殺人前，先把我給殺了。」

「既然都已經說好了……」

兩行淚水就這樣從我眼中滑落，落到了地上的血窪中。

「那在我殺了妳之前，妳怎麼可以先死掉呢。」

❖ ❖ ❖

在那之後，不知道過了多久。

我抱著雙膝坐在地上，一動也不動。

我不知道我保持這個姿勢多久，也不知道我之後做了什麼。

雖然還有意識，身體也還能活動，但我感覺自己就像是在夢中一般，眼前的一切都變得朦朧起來。

「莫向陽！莫向陽！」

司馬封似乎有在這段時間出現，但他的聲音感覺好遠好遠，一點現實感都沒有。

「你還好嗎？振作點！」

「……為什麼要振作？」

「到底發生什麼事了！你怎麼衝出去後變成這樣？」

「反正就算再怎麼努力，只要過去死掉，那一切就結束了……」

「你到底在說什麼！」

司馬封抓著我的雙肩，不斷搖晃著我的身體。

「你該不會真的相信未來克拉那些鬼話吧！」

「那你告訴我是怎麼回事啊！」

我揮開他的手說道：

「凶手是誰？是殺了小愛莉莎和愛莉莎？」

「只要努力尋找線索，那遲早都會找出真相！」

「不可能的！根本不可能有人是凶手！」

「才不是這樣！現在之人僅剩『三人』了！」

司馬封指著我和自己。

「愛莉莎死亡時，我跟你可以互相證明彼此的不在場證明，但是不知在何方的司馬焰沒有，所以她有犯案的可能！」

「若是凶手是『她一人』，那根本是不可能的任務。」

小愛莉莎和愛莉莎分別在不同的館死亡。

就算全速奔跑，「過去通道」跑完一趟也要兩分鐘。

也就是說，來回就要四分鐘。

「在四分鐘內，司馬焰必須殺掉小愛莉莎，然後再跑到『現在之館』內殺了愛莉莎，這有可能嗎？」

「你明明知道這是做不到的。」

「只要動作快點，或許——」

「……」

「你明明知道，就是因為愛莉莎是以『這種方式』死亡，所以才證明了司馬焰不可能是凶手。」

可能是為了讓我振作起來吧，司馬封刻意忽略了關鍵之處沒說。

但是，也不知道是不是受到心中一片冰冷的影響，我的腦袋和思緒清楚到連我都很訝異。

我想，這大概是因為我比任何人都想否定愛莉莎的死亡。

「殺了人後，必須用長梯將人運到高空，接著再用膠帶將屍體捆在十字架上。」

「嗯……」

「這麼繁瑣的犯案法，不可能僅憑一人，同時在兩個館中進行。」

我低下頭，瀏海罩住我的雙眼，讓我的面前再度變得一片黑暗。

「所以……司馬焰不是凶手——應該說根本沒有人有可能是凶手。」

「我明白了……」

司馬封嘆了口氣，拍了拍我的肩膀。

「既然你都分析到這樣了，那我也沒什麼好說的。」

他站起身來，掏出懷中的菸點了起來。

「如此冷靜的絕望，比驚慌失措的失落還可怕，雖然我很想幫助你，但是一旦陷入這狀態，不管是誰都無法輕易拯救你吧。」

「…………」

我沉默不語。

「但是，我依然相信你不會停在這邊。」

司馬封「啪」的一聲拍了一下我的肩膀。

「我先走一步去尋找突破口了，你也要跟上啊。」

看著司馬封離去的背影，我一句話都沒說。

之後，時間不斷流逝。

我只是仰著頭，看著十字架上的愛莉莎。

沒有任何一人來找我，也沒有任何人來向我說話。

彷彿被丟在了孤獨一人的時空中，我感到連自己的存在都逐漸地融化。

「對了……」

等到我發覺時，我已在不知不覺中站起身，走到了「未來之館」。

「還有一個問題沒問愛莉莎呢。」

不知何時，整個時之館都已暗了下來。

在我發呆時，時間似乎已來到了晚上。

雖然什麼東西都沒吃，但我一點都不感到飢餓。

「未來之館」的天花板，點起了無數光芒，就像是無數的星星。

在通透的玻璃餐桌上，兩個螢幕從餐桌裡頭升了起來。

一個是十年後的克拉，另一個當然是——

「愛莉莎。」

聽到我呼喚她，三十五歲的愛莉莎從螢幕中看向了我。

她的模樣和現在幾乎沒有兩樣，但是她的銀白色長髮變成了鮑伯短髮，也戴上了和眼睛顏色一樣的琥珀耳墜，整個人看起來多了一股成熟的韻味。

「我一直很想問妳。」

在人造的絢爛星空下，我與未來的愛莉莎四目相接。

「既然妳不喜歡陌雪，那十六年前，妳為何要跟著她走呢？」

未來愛莉莎眨了眨眼。

「我不是跟著她走。」

即使在一片黑暗和星光中，她那墨綠色的雙瞳依然美得懾人心魂。

面無表情的她指著我，以平淡的口吻說道：

「我是跟著你走。」

「……咦？」

「對當時的我而言，你是唯一的一個同伴，所以，我也只能跟著你走了吧。」

聽到她這麼說，我的心不受控制地緊揪在一起。

但是，我仍繼續問道：

「那麼，在那之後的日子，妳為何要擔當陌家的專屬女僕，為他們盡心盡力呢？」

「莫向陽，在十六年前的那段日子中，我見識了無數的地獄和死亡，我想，我心中的某處一定在那時崩塌、壞掉了吧。」

「嗯……」

所以，別說笑容了，我幾乎沒看過愛莉莎顯現一個人類該有的表情。

「我愛人的方式扭曲，恨人的方式也一樣不正常，我就是個有缺損的人類。」

或許，我也是一樣的。

所以我才會在那時被陌雪吸引，也在之後的日子，以彷彿自虐的方式待在陌羽身邊。

我不知道怎麼跟愛莉莎相處，或許是我們都明白，我們在彼此面前無所遁形。

我們都怕看到對方後，知道自己其實已經壞掉了。

隨著時光逐漸累積，我和愛莉莎見面的時間越來越少，也漸行漸遠。

「莫向陽。」

愛莉莎舉起了手，彷彿想要伸出螢幕觸碰我。

「我之所以為陌家盡心盡力，理由只有一個──」

「因為，陌雪和陌羽對你很重要。」

「……」

「所以，我甘願為你重視的她們獻上一切。」

——這就是，我愛你而恨你的方式。

「嗚……」

眼淚再度不受控制地從眼中滑落。

「嗚嗚……」

我伸出手，和螢幕中的她重疊手掌。

但不管多努力，我們兩人之間都只有冰冷的觸感——就像是我們之間的關係一般。

明明近在咫尺，卻遠在天涯，我們之間的距離足足有十年這麼遙遠。

「別哭了，沒用的東西。」

愛莉莎露出了淺到看不到的微笑說道：

「不管過去、現在、未來，我都會來罵你的，你就安心吧。」

那一晚，我是在「未來之館」睡著的。

在睡夢中，我夢到了許多現實中沒有發生的事。

十六年前，我和愛莉莎被警方拯救。

接著我們因為這個因緣成了無話不談的青梅竹馬。

我們一同經歷了上學、考試、戀愛，就算偶有爭吵，但也沒有離開彼此身邊。

只是，這畢竟是夢。

是不管在哪個時空——都未曾實現的虛幻之夢。

chapter 4 陌雪死亡的真相

——淅瀝。
十年前，陌雪死掉的日子，是個下著雨的夜晚。
——淅瀝、淅瀝。
一開始時還只是小雨，但很快地，這樣的小雨就變成了雷陣雨。
——轟隆！
一道閃光從窗外劈進了我的寢室！
也不知道是幸還是不幸。
過大的電光和雷聲將睡到一半的我驚醒了。
不過事後一想，即使那天不是雷雨夜，我大概也會被別的因素嚇醒吧。
——因為門外傳來的冰冷殺氣實在過於巨大。
說不定，反而是雷雨夜的干擾，讓我這麼遲才察覺這個異狀。
「……」
從床上起身的我，看著寢室的門。

──吱呀！

門緩緩地推開了一條縫。

一隻握著刀子的雪白手臂從門縫外伸了進來。

──快逃！

本能在身體深處大聲呼喊，叫我馬上拔腿就跑。

但是襲來的恐懼麻痺了我的身體，使我完全動彈不得。

「是誰……？」

雖然我這麼問，但我其實心中深處，早就知道來訪的人是誰。

「…………」

敞開的門，緩緩走出了一個雪白的幽靈。

白色的長髮遮住面龐、白色的細肩連身裙一塵不染，以及──

彷彿被鮮血塗滿，赤紅無比的雙眼。

「陌雪……？」

發生什麼事了？

她怎麼突然進入「狀態」了？

「快逃……」

就像是用最後一絲理智說出這些話，陌雪以顫抖且虛弱的語氣這麼說道：

「快逃，莫向陽……」

「陌雪，我──」

「你忘了我說過的話嗎！」

陌雪用左手抓著拿著刀子的右手，就像是想要阻止自己揮舞它！

「你忘了我們曾許下的約定嗎！」

——轟隆！

電光再度一閃。

彷彿被這道巨響所震醒，我馬上從床上跳起身來。

從窗戶躍了出去，我逃進了漆黑的院子中。

——砰！

身後傳來了巨響。

我回頭一看，只見窗戶被整個撞破，陌雪也跟著我跳了出來。

即使是這樣的黑夜，她的雙眼依然熾紅得清晰可見。

「莫向陽……」

雨水落在陌雪的臉上，讓她看起來就像是在流淚。

「如果你真的想為我做什麼，那當我要殺你時——

「請你不擇手段地活下去吧。」

這是保有理智的陌雪，對我說過的最後一句話。

在那之後，完全進入「狀態」的她，被這樣的殺人衝動給支配了。

和殺人鬼的捉迷藏，在這個雨夜，正式展開了。

❖ ❖ ❖

「呼、呼……」

我不斷地奔跑，在過度的緊張和壓迫下，我很快就上氣不接下氣。

我早就迷失了方向，也不知道自己究竟在往哪裡跑，但我試著避開大路，朝著樹林茂盛的地方前行。

不過這決定似乎是錯的。

下過雨的山路很泥濘，要是一不留神，很容易滑倒、受傷。

再加上幾乎看不見前方的黑暗，使得我逃跑速度大大減慢。

更雪上加霜的是，「歿」這個宅邸因為位於深山的關係，平常本就不會有人來到此地，我無法期待任何人前來救援。

而因為陌雪血中詛咒的關係，這個宅邸的僕人在晚上時，只有愛莉莎一人。

對了，說到愛莉莎——

「愛莉莎！」

我對著天空大喊！

「快逃離這邊！陌雪進入『狀態』了！」

雖然不知道她聽不聽得到，但這是現在的我所能做到的極限了。

——沙！

身後傳來了異響。

雖然早就預想到，但果然我的喊叫聲還是吸引了殺人鬼的注意，將她喚來了。

背後的樹叢分開，一雙染紅的雙眼從中透了出來。

正面和陌雪對打，肯定是沒有勝算的。

她可是手持一把刀子，就毀滅了整個綁架集團的人。

我彎下身來，抓起了一把土。

「看招！」

我將這把土拋向陌雪的眼睛。

我本來期待這可以稍稍拖慢她的腳步，然後再趁機轉身逃跑，但沒想到一點用都沒有。

銀光一閃。

紅色的雙眼就像是看透了我的舉動，舉起手腕的陌雪用刀子畫出無數刀痕，將這些土全數隔絕在刀子之外。

她身上的潔白依舊，我甩出的土連一粒都沒沾上她的衣服。

抓準了我因驚訝而注意力中斷的瞬間，陌雪彎下身來——

——噗！

等到我察覺時，刀子已毫不留情地刺到我的腹部中。

陌雪的動作非常俐落，快到我連疼痛都慢了一拍才察覺到。

「嗚啊啊啊啊啊啊啊啊啊啊——————！」

黑暗的深夜中，迴盪著我的淒厲慘叫聲。

「呵……」

此時，一連串愉悅的笑聲響起。

「呵呵呵呵………」

身上染滿鮮血的陌雪露出了如花般的笑顏。

就像是為了盡情享受眼前的情景，她伸出小巧且赤紅的舌頭，輕輕舐了一下沾著血的右手。

看著這副情景，我不知為何——

竟露出了微笑。

雖然並不是忘了和陌雪的約定，但我已經努力掙扎過了。

我緩緩閉上雙眼，準備迎接即將到來的死亡。

但是就在此時，一個我和陌雪都沒意料到的意外發生了。

——我的腳下突然一空。

「咦？」

這時我才發覺，我在黑暗中逃到了某處懸崖的邊緣。

被雨淋溼的泥土本就十分鬆軟，在被我倒下的力道衝擊後，突然崩塌了。

被重力狠狠一拉，我毫無抵抗能力地落入了底下的深淵中。

❖ ❖ ❖

有一句話，叫作「天涯孤獨」。
從我有自我認知的那刻起，我就處於孤兒院中。
沒有任何家人，也不知道自己的根原本在何方。
雖然很多大人都會同情地對我說「可憐的孩子」，但那時的我，對此並沒有實感。
在我六歲時，我被人口販子劫走了。
在那個場所，我目睹了無數的死亡。
「莫向陽。」
那時的愛莉莎曾經向我提了這個問題。
「為何做壞事的他們如此開心，而什麼都沒做的我們卻過得如此不幸呢？」
那時的我們，正在清掃被殺掉的同伴屍體。
「做壞事的不一定會被制裁，而做好事的不一定得到獎勵，這樣不是很奇怪嗎？」
「誰知道呢……」
「還是，其實他們做的是善事，而真正錯的是我們？」
在這樣的極端環境中，總覺得很多事物的界線都開始變得模糊。
——善與惡。
——哭和笑。
——快樂和悲傷。

以及──

──生與死。

「感覺就像是攪拌在了一起，根本不知道什麼是什麼呢。」

「是啊。」

「不過就算亂糟糟攪成一團，我想還是有一個東西是真的吧。」

「是什麼呢？」

「那就是人的感情。」

愛莉莎墨綠色的雙眼看著自己的雙手。

「我想知道……」

面無表情的愛莉莎，就像是作夢一般喃喃自語道：

「我想知道……什麼是愛，什麼又是恨。」

「為什麼會想知道這個？」

「人類可以因愛拚命守護一個人，也可以因恨殺死一個人。」

她翻弄著那些屍體，開始觀察死掉孩童的表情。

有的面容因為過度的痛苦而扭曲，也有的因為死前達到願望或是解脫而滿足的微笑。

「而且，最有趣的是，即使倒反過來，人類也會做出一樣的事。」

她握著胸前的倒十字架，就像是祈禱一般說道：

「人類可以因恨拚命守著一個人，也可以因愛殺死一個人。」

「……」

「那麼，真正的愛和恨在何方呢？」

理所當然的，我回答不出愛莉莎的問題，而我想這個世界大概也沒人答得出來吧。

我看向底下的屍體。

此時，我第一次為自己是「天涯孤獨」而開心。

如果沒有家人也沒有同伴，那就表示我不需要為任何人感到悲傷。

真是古怪，明明還沒理解孤獨是什麼意思，但我就已經建立起了這是好事的認知。

理智上告訴我這是不對的，但實際的體驗卻讓我覺得這樣也沒關係。

看著自己同伴的屍體，我究竟是該哭呢？還是該笑呢？

在這樣界線逐漸模糊的環境中，我和愛莉莎做出了截然不同的兩種選擇。

一點一滴的，她逐漸喪失了表情。

至於我——則選擇了徹底的逃避。

不去思考自己是什麼感受，也不去思考自己是怎麼想的。

最終，不管面臨再極端和異常的狀況，我都可以表現得彷彿沒事一樣。

在滂沱的大雨中，我看著天上的黑暗喃喃自語道：

「愛莉莎罵我也是應該的……」

「因為，我連自己是誰都不明白。」

或許我為孤獨所苦，但我不知道。

或許我為沒有家人而悲，但我不知道。

或許我為沒有同伴而難過，但我不知道。

表面上裝作正常的樣子，但其實我連自己壞掉都不知道。

莫向陽——不要面對太陽。

這名字真是太適合我了。

我將「自己」拋在了後方，連看都不看他一眼。

既然不知道問題出在何方，那就不知道該如何修正。

「過去」在我心中留下的爪痕，讓我的心變成了形狀不明的冰塊。

所以，我才下意識地閃避愛莉莎，也從向我示好的陌羽身邊逃走。

因為連珍惜自己都不會的人，又要怎麼愛護他人呢？

「原來如此啊……」

腹部的傷口已從劇痛變成麻木。

我伸手觸摸，這才發現陌雪的刀子還留在我的腹部處。

看來是剛剛掉下時過於突然，讓陌雪來不及將它取走。

「所以在六年前……我才跟著陌雪走了。」

直到臨死前，我才終於明瞭我為何會做出這樣的選擇。

當我看到她的第一眼，我就被她吸引。

那是純粹又美麗的死神。

我心想，既然活著的方式無法選擇，那至少結束的方式要靠自己的手掌握。

——「要是待在我身旁，終有一天會被我殺掉的。」
「這就是……我所希望的……」
我希望能由陌雪終結我的人生。
所以即使知道人生會變得亂七八糟，我還是選擇跟了上去。
所以即使知道終有一天會被陌雪殺死，我也從來沒有逃走的念頭。
雖然什麼都沒說，但陌雪或許也隱隱約約察覺此事了。
所以，她才跟我定下了這樣的約定。
——「如果你真的想為我做什麼，那當我要殺你時，請你不擇手段地活下去吧。」

她不希望我被她殺死。
不希望我輕易放棄自己的生命。
「為何呢……雪姊姊？」
這是我對妳最後的疑問了。
妳為何想要讓我活下去？
「要不是有這個約定，我甚至連逃跑都不會吧？」
我一直在等待。
一直在等待妳抹除我性命的這天到來。

「但是這六年來，妳一直沒有來殺我……」

或許一般人會認為這是珍惜我的行為，但其實恰好相反。

——淅瀝。

冰冷的雨水打在臉上。

「妳其實……一點都不愛我吧……？」

越愛一個人，對其的殺意就越強烈。

但是妳很珍視我。

妳的每一次體貼，都像在跟我說，妳其實根本不在意我。

——沙。

耳邊傳來了細小的聲音。

雖然雨聲很大，但依然沒有遮掩住樹叢分開的聲音和細碎的腳步聲。

「雪姊姊……？」

等了六年，我終於等到了妳嗎？

我轉過頭去——

「莫向陽。」

沒想到來的人，跟我預想的完全不同。

「……陌羽？」

踏著黑色包鞋、手拿黑色陽傘，身著黑色連衣裙的六歲陌羽站在雨中。

雖然和黑夜一般顏色，但不知為何她的身影非常清楚，就像是要刻在我眼中一般深刻。

「妳怎麼在這邊……？陌羽。」

「我聽到了你的喊叫。」

小小的她眨了眨大大的眼睛，即使看到我渾身是血，她也沒有任何懼怕。

「等一下，這不重要，這邊很危險，快逃——」

「沒關係的。」

她將傘擋在我的身上。

「總不能放你一個人在這邊。」

不顧自己被滂沱大雨淋溼，她遮斷了淋在我身上的雨。

雖然陌羽的年紀還小，但我深知她個性上有著頑固的一面。

一旦決定好的事，不管你花費多少脣舌，她都不會改變她的主意。

「可惡……」

要是繼續待在這邊，陌雪遲早會追過來。

若是我就算了，不能讓陌羽遭受危險。

本來毫無力氣的身體，不知為何又湧出了一絲力氣來。

我深吸一口氣，咬住身上的衣服，握住插在腹部的刀子，用力一拔——

「————！」

但是，我沒成功。

一旦使力，我就痛得幾乎要暈倒。

「莫向陽，你還好嗎？」

陌羽微微歪著頭問道。

「沒、沒沒沒沒事……」

拿著刀子的手在顫抖，也不知道是雨還是冷汗，我感到自己渾身冰冷。

「我來幫你吧。」

小小的手覆蓋住了我的手。

陌羽和我一同握住了刀子，抑制住了我的顫抖。

「準備好了嗎，莫向陽？」

「等、等一下——嗚啊啊啊啊！」

不顧我的反對，陌羽就這樣拔出了刀，痛得我大喊出聲！

濺出的鮮血噴濺到我們兩人身上，她對我露出染血的微笑。

「拔出來了喔。」

「…………」

是血緣的關係嗎？

總覺得陌羽對血和刀子一點都不恐懼，拿著刀的她，反而有種如魚得水的感覺。

「拿、拿來……」

喘著粗氣的我一邊將她手上的刀子奪走，一邊用衣服包紮自己的傷口。

「妳年紀還小，不可以拿這麼危險的東西。」

「那麼，我要到什麼時候才能拿呢？」

「一輩子都不准拿！」

「…………」

妳嘟什麼嘴？不能拿刀就讓妳這麼失望嗎？

「真是的……」

我掙扎著起身，但可能因為失血過多的關係，我身子一晃——

「嘿咻。」

陌羽用身子撐住了搖擺不定的我。

「……很重吧？」

「不、不不不會……」

「可是妳的腳不斷搖晃，臉也因為使力而漲得滿臉通紅耶？」

「不過是個莫向陽，我一定撐得住的。」

多虧了陌羽小小的身子，我們終於能一同蹣跚前行，試圖走回正常的道路上尋求救援。

重傷的我，能為她做的事已經不多了。

於是我撿起陌羽的傘，替她遮著雨。

「嘿喲、嘿咻、嘿咻喲——」

六歲的陌羽一邊發出可愛的吆喝聲，一邊努力踏穩腳步。

這時的她，可能是因為年紀尚小，所以「可愛侵略性」的詛咒尚不明顯，她也沒刻意地遠離他人。

看著她瘦弱的肩膀，我忍不住問道：

「搞不懂妳……」

「嗯？」

「我只是個從小照顧妳的人吧？為何要這麼努力幫助我呢？」

「咦？你剛不是說了嗎？」

陌羽轉過頭來看著我，眼睛因為驚訝而微微睜大。

「就是因為你從小照顧我，所以我才來幫助你啊。」

「……………」

看著她那充滿髒汙和血痕的微笑，我忍不住別開目光。

她是如此的純粹和美麗。

與她對比，嚴重故障的我簡直骯髒無比。

「我就是這樣……才不行啊。」

我不禁仰頭長嘆。

要是一般人，一定會為這樣的陌羽而待在她身邊，努力活著吧。

但是我又是如何呢？

如果現在陌雪和陌羽出現在我面前，我大概還是會選擇陌雪吧？

「一心求死的人，沒有活著的資格。」

或許是上天聽到了我的祈求。

無聲無息的，一個純白的身影擋在我們的面前。

結束了。

一切都結束了。

我本以為剛剛看到的陌雪雙眼已經夠紅了，但此時我才發現我是錯的。

陌雪的雙眼連瞳孔都變得鮮紅，就像是蓄滿了鮮血。

我停下腳步，準備迎接自己的死亡。

但是，我忘了一件很重要的事。

「可愛侵略性」——愛得越深，殺意就越濃烈。

不管殺了多少人，陌雪的最終目標，永遠是她最愛的人。

「陌羽……？」

我本以為再也聽不到陌雪說話了。

但此時，完全被殺人衝動控制的陌雪，還是吐出了自己孩子的名字。

「媽媽……？」

我身旁的陌羽也像是被定身一般，一動也不動。

這是這對母女的初次見面。

血緣的力量真是不可思議。

即使從沒見過面，但她們仍認出了彼此——認出了對方是自己應該付出一切的存在。

「陌羽、陌羽、陌羽、陌羽、陌羽、陌羽、陌羽、陌羽、陌羽——」

就像是喚著自己最愛的人——就像是念著自己最恨的人。

「陌羽啊啊啊啊啊啊啊啊啊啊啊啊——————！」

雙眼赤紅的陌雪，就像是要擁抱陌羽一般，朝著陌羽衝了過去。

這瞬間，我意識到了。

此時她想殺的人，並不是我。

她想殺了陌羽——殺了一直以來想愛的存在！

為了阻止此事，我手握刀子擋在了陌羽面前！

❖ ❖ ❖

「然後，你就將陌雪殺了。」

時間回到現在的「時之館」。

不對，到底什麼是現在？

我已經搞不清楚了，時間感一片混亂。

因為，明明是「未來之館」，但現在站在我面前的，卻是過去的莫向陽。

「為了保護陌羽，所以你殺了你一直渴求的陌雪。」

小莫向陽就像是洞悉了一切說道：

「這樣的結局不是很好嗎？」

我在未來愛莉莎面前睡著後，似乎到了隔天早上。

因為已經一天沒進食，我感到身體內部空空蕩蕩，腦袋深處也一片混沌。

這時，小莫向陽出現了。

就像是從過去追來。

「雖然殺了自己的恩人，但拯救了她的女兒，這種彷彿英雄一般的舉動，不是很好嗎？」

「別說了……你又懂什麼。」

「我當然懂，我是十年前的你——也就是那時的你。」

小莫向陽指著自己的腦袋說道：

「所以，我擁有那時的記憶。」

那時發生的事，只有我和陌雪知道。

陌雪已死，而我未向任何人述說過這段記憶。

如果他真的記得，或許就能證明，他是穿越時空而來到此地的我。

「你殺了陌雪——所有人都是那麼認為的。」

「…………」

我刻意保持沉默，不讓小莫向陽用冷讀法之類的技法讀出任何過往。

雖然已對「時之館」的「法則」不再如此懷疑，但我的心中深處，還是對此抱持著最後一絲疑心。

「但是，這樣很奇怪吧？」

小莫向陽豎起一根手指說道：

「雖然結果有些悲劇，但你從殺人鬼的手中救了她的女兒，那你為何又要害怕陌羽知道過去的真相呢？」

「你的說法就像是在推理呢，你真的有過去的記憶嗎？」

「別急呢，未來的我。」

小莫向陽露出詭異的微笑說道：

「不把疑點一一點出，又怎麼把你逼到絕境呢。」

「……」

「雖然她們是母女，但她們從沒有見過面。若是能選擇，陌雪一定希望被你殺死，讓自己的女兒活下來。」

「…………」

「對陌羽來說也是，即使你將陌雪殺了，她也能諒解那是無可奈何的事，對當時的她來說，說不定一直以來照顧她的莫向陽，都比素昧平生的陌雪還重要。」

「……………」

「你做了她們倆都希望的事，那你為何不挺起胸膛？為何不接受陌羽的感謝？為何要從她的身邊逃開？」

小莫向陽沉下了臉，本來輕快的語調突然變得低沉無比。

「很簡單，因為結局並不是如此，你所做的事並不值得任何人稱讚，對吧？」

那是卑劣無比的手法，但是我別無選擇。

對「時之館」的最後一絲疑心消散。

因為小莫向陽緩緩張口，將所有真相說了出來——

❖ ❖ ❖

陌雪衝了過來！

在那短暫的零點一秒中，我失血過多的腦袋拚命運轉。

就算完好如初，我也不是陌雪的對手，更別提現在腹部還中了一刀，已經陷入瀕死狀態。

該怎麼做？

該怎麼做才能阻止這個殺人鬼？

即使犧牲自己的命，我都無法阻止她。

那麼，該付出的就不是自己的命——

「不准動。」

我舉起陌家代代相傳的刀子，低聲威脅道：

「妳要是再動一步，我這刀就砍下去了。」

若是一般狀況，即使手握武器，陌雪依然不會將我放在眼裡。

但此時聽到我這麼說，殺人鬼「唰」的停住了腳步，不敢越雷池一步。

那也是當然的。

——轟隆！

一道閃電劈了下來，照亮了在場的三人。

透過陌雪的雙眼倒映，我可以知道是怎樣的情景印入了她的眼中。

我從後方抱住了陌羽，然後——

將鋒利的刀子抵在了陌羽細瘦的脖子上。

❖ ❖ ❖

「靠著挾持女兒，你才終於停住了陌雪的動作。」

「……」

「無法動彈的陌雪，最後死在你的手下。」

「……閉嘴。」

「哈哈，這到底算是什麼英雄啊。」

小莫向陽嘲弄的笑道：

「別說為陌雪保護女兒了，你根本就是自私無比的卑鄙小人。」

「閉嘴啊……」

「那時的你，其實是這麼想的，對吧？」

「『若是這麼做，說不定陌雪就會將殺人的目標轉回我，達成自己一直以來想被殺的願望。』」

「我叫你閉嘴是沒聽到嗎！」

我衝了過去，一把揪住了小莫向陽的領子！

「就算我閉嘴又如何？過去的事難道就會抹殺掉嗎？自己的記憶難道就會因此遺忘嗎？」

「我、我——」

「拿母親的愛情困住陌雪，然後再為自己的私心威脅陌羽的命，你可真是個了不起的英雄啊。」

「所以我才從陌羽身邊逃走了！」

背棄自己的誓言，拋下陌雪的託付。

「因為我知道自己根本沒有資格被她善待啊！」

——**「她們全部人加起來，都比不上一個莫向陽重要！」**

我好怕。

要是陌羽知道真相，她會以怎樣的眼光看待我呢？

那個一直以來代替母親守護她的人，其實不過是個滿口謊言的騙子。

與其被她知道那樣的事實，我寧願與她分開一輩子！

「經過殘缺姬的事件後，陌羽過去的記憶正在緩緩復甦。」

小莫向陽再度笑出了聲。

「只差一步，就只差一步了。十年前的真相即將從她腦中完全復活！」

「我會阻止這件事發生的！」

「你要怎麼阻止？吞噬所有『現在之人』後，『時之館』的『法則』已生效，雖然你的未來尚未誕生，但是你的過去已經存在。」

我看著眼前的小莫向陽，只覺得視野開始扭曲起來。

「你從陌羽身邊逃開，你就沒想到她會來找你嗎？」

「──────！」

「只要她來到『時之館』，我就會代替你，將一切的真相說給她聽。」

「你敢！」

「我當然敢！」

「你、你這傢伙──！」

眼前的一切扭曲的越來越嚴重。

──淅瀝。

看著過去的莫向陽，我感到面前的情景一塊塊崩裂開來。

──淅瀝、淅瀝、淅瀝。

雨聲不斷在耳邊迴繞。

我在哪裡？

我現在位於什麼時間軸？

──淅瀝、淅瀝、淅瀝、淅瀝、淅瀝、淅瀝、淅瀝、淅瀝、淅瀝淅瀝、淅瀝、淅瀝、淅瀝、淅瀝、淅瀝、淅瀝、淅瀝、淅瀝。

「啊啊啊啊啊啊啊啊啊啊──────！」

我雙手抱住頭，只覺得自己快要發瘋。

「只要陌羽來到，一切都會結束。」

小莫向陽不斷說道：

「就連你挾持她之後的事，我都會跟她說的。」

「——！」

那之後的事，不管是誰都不准知道！

眼前的崩裂情景突然變得一片血紅！

「嗚呃——！」

小莫向陽張開口，卻什麼話語都沒吐出來。

因為我的雙手已緊緊掐住他的脖子！

「都是你、都是你、都是你——！」

只要沒有你——只要沒有過去！

「『莫向陽，我在此宣言。你必定會殺人——就跟你在十年前殺了陌雪一樣。』」

「只要殺了你——」

即使小莫向陽的臉色開始發紫，但我仍沒有停止收緊自己的雙手。

「只要殺了你，那陌羽就不會知道這一切。」

「『時之館將會發生命案，而這場命案的凶手——就是你！』」

「為了守護陌羽，我必須、必須要——必須要殺了你才行。」

不知是心理作用還是太過激動，我也感到自己越來越喘不過氣來。

——「只要殺掉『過去之人』，『現在之人』就會馬上以同樣的方式死去。」

那又如何。

這是最適合我的死法了。

殺掉過去，讓現在的自己跟著死吧。

我本就不該活著。

從跟著陌雪走的那刻，我就選擇了死亡。

像我這樣的人，憑什麼保護他人。

「莫向陽！」

此時，一道大喊突然從我耳邊響起。

「你忘了我們的約定了嗎！」

這道霹靂般的大喊，讓我混沌一片的意識恢復了一絲清明。

我緩緩轉過頭去，看向了聲音的來源。

「要是你動了殺人的念頭——」

螢幕中的未來愛莉莎大喊：

「你得在殺人前，先把我殺了！」

「可是、可是……」

妳已經死了啊？

就算要找妳，妳也哪裡都不存在了。

當我陷入絕境時，現在的我又能找誰呢？

分心的我，在這瞬間鬆開了手。

「快逃！小莫向陽！」

像是早就料準了我會在這時鬆懈，未來愛莉莎大喊：

「快逃啊——！別被自己殺了！」

「咳、咳——」

——砰！

小莫向陽一邊咳嗽一邊將我撞倒，向著「未來通道」拔腿狂奔。

「別想逃！」

我跳起身來跟了上去，但是——

「莫向陽——！」

未來愛莉莎的大喊聲再度從身後傳來，停住了我的腳步。

「莫向陽！別去！」

我緩緩轉過頭，與未來愛莉莎四目相接。

「抱歉……」

但是，我沒等她繼續把話說下去。

「抱歉，愛莉莎……」

就像是不想聽到她的責罵，我趕緊轉身逃開。

❖ ❖ ❖

現在的我，是怎樣的表情呢？

是在哭，還是憤怒的面容扭曲呢？

我不知道。

「未來通道」一片黑暗。

我不斷在未來通往現在的路上奔跑，只為了殺掉自己的過去。

我到底在做什麼？

我到底在向何方前進？

表面上說是要殺掉自己的過去，不讓陌羽知曉一切，但其實說不定，我只是想殺掉過去後接著自殺吧？

一直以來的祈願，是被陌雪那美麗的死神畫上句點。

但諷刺的是，這樣的死神卻被我終結了。

那麼，究竟誰能給我結局呢？

即使離開「未來通道」後，我的眼前依然一片黑暗。

——淅瀝。

耳邊傳來雨聲。

——轟隆！

耳邊傳來雷聲。

彷彿回到了那個雨夜，即使我緊緊摀住耳朵，這些聲音依然永不止息。

「『盲』！我不是在『現在之館』嗎！」

我不禁朝著天空大喊！

「我都已經逃到現在了！那為何過去還纏著我！」

在一片黑暗中，那雙紅眼再度亮了起來。

十年前的雨夜終末，就像幻影一般在眼前浮現——

❖　❖　❖

看到我挾持陌羽，陌雪一動也不動。

「莫向陽……」

她乾渴的喉嚨，吐出了嘶啞的聲音：

「你……完成了我們的約定呢。」

——不擇手段地活下去。

「雪姊姊，不是的……」

聽到她這麼說，我才意識到自己做出了怎樣的行為。

「不是這樣的……」

拿著刀的手不斷顫抖。

這是多麼過分的行徑，也是多麼卑劣的舉動。

雖然表面上是為了阻止陌雪，但其實我明白的——

我只是不想被殺的權利，被我懷中的陌羽奪走而已。

——轟隆！

此時，電光再度一閃。

「兩雙紅眼」被電光點亮。

「咦？」

等一下……

是兩雙？而不是一雙？

直到此刻，我才發現自己犯了多大的錯誤。

我緩緩地轉頭——

——噹！

手中的刀子因為過度驚訝而落到了地上。

「可愛侵略性」——愛得越深，殺意就越濃烈。

雖然她們這對母女是第一次見面，但既然陌雪對陌羽會有殺意，那麼——

反過來也會是一樣的狀況。

在我面前的陌羽，雙眼就跟陌雪一般紅。

她以流暢到令人看了害怕的動作，撿起了我掉的刀子。

「等一下！陌羽！」

我伸手想要阻止，但一切都已來不及了。

「不要這樣啊————！」

握著刀子，陌羽朝著動也不動的陌雪衝了過去。

我想要擋在她們兩人中間，但最終我什麼都沒做到。

拚命伸長的手一個人都沒搆著。

失去平衡的我，眼前的視野開始傾斜——

——砰！

一聲悶響從我頭部傳來，我就這樣失去了意識。

❖ ❖ ❖

「你誰都沒保護到。」

一片明亮的「現在之館」中，小莫向陽出現在我面前。

我伸手想抓住他，手卻從他的身體中穿了過去。

「昏倒的你，被趕來救援的愛莉莎喚醒。但是當你睜開眼後，一切都已結束了。」

眼前的情景究竟是幻覺還是真的？

我已經完全搞不懂了。

「在雨過天晴的陽光中，你看到了這樣的情景——」

小莫向陽一個擺手，隨著他的手勢，最後的結尾在我面前浮現。

陌雪跪坐在地，表情平靜的她嘴邊流下了一絲血絲，腹中則插著她一直使用的刀子。

陌羽躺在陌雪懷中，表情無比祥和，看起來就像是睡著一般。

「隔了六年，這對母女終於能互相擁抱，這是她們最初也是最後一次的相擁。」

小莫向陽微笑說道：

「能有這麼諷刺的結局，這都是拜你所賜。」

「……」

「要不是你用這麼卑鄙的行動限制住了陌雪，她也不會這麼輕易地被陌羽殺死。」

「……那麼你說我該如何？」

「是你殺了陌雪，也是你讓陌羽殺人。」

「我能怎麼做──！」

我揮了揮手，眼前的小莫向陽就像是煙霧一般消失了。

「那時的我，到底該怎麼做啊──！」

但是不管我怎麼揮，相擁的陌雪和陌羽都沒有消失。

──「即使我再想愛人，我都是個殘酷的殺人鬼，我沾滿鮮血的雙手，沒有擁抱陌羽的資格。」

「所以，這都怪我嗎！」

我癲狂地喊道：

「陌羽殺了陌雪，都是我的錯嗎！」

──**「想必終有一天，奪走無數人命的我一定會不得好死吧。」**

「我比誰都還想保護她們兩人！」

但是，想死的人活下來了。

想要愛人的卻什麼都沒愛到就死了。

然後──

還未愛人的人，卻親手殺了愛自己的人。

「要是陌羽知道這個真相，那一切就結束了……」

要是知道曾因「可愛侵略性」而殺了自己母親，那她將永遠孤獨的活過這一生。

她將再也不會愛上任何人！

「所以，我才努力撐到了現在。」

彷彿被陌雪說過的話操控，我不擇手段地活下來。

即使不斷因惡夢而嘔吐，我依然咬著牙忍耐。

為了不讓陌羽因為殺人恢復記憶──為了不讓她察覺那晚的真相，我願意做任何事。

我本想若是能找到愛著陌羽的人，那我就將一切向他和盤托出，接著在任何人都沒察覺的狀況下，默默離開那兩人的身邊。

但事與願違，陌羽終究還是想起來了。

事情正向無可挽回的終結靠攏。

「『時之館』啊！」

我仰天大喊。

「不管重來幾次都沒關係。」

要是時光能重來，我想擋在這對母女中間，不讓這麼悲慘的結局發生。

要是能替代她們而死，我很樂意獻上我的性命。

「所以——請讓我穿越時光，回到過去吧。」

我只能依靠你了。

不知是聽到我的祈求，還是我的幻覺。

現在之館漸漸變暗。

一道光芒罩了下來，打在克拉屍體旁的刀子上。

「原來如此……」

我想起了時之館的「法則」。

若真的要穿越時空，必須先死掉是嗎？

我毫不猶豫地舉起刀子，將其架在自己的脖子上。

——「我會待在她身邊，讓她綻放出屬於自己的感情，不因為過度壓抑而成為一個人偶。」

「雪姊姊，抱歉……」

結果，和妳的約定一項都沒實現。

「但是，我會保護妳和陌羽的。」

——「我會讓陌羽愛上他人的。」

「等我回到過去後，我一定會拯救妳，然後妳就跟六歲的她這麼說——」

妳不需要這個誓言。

因為，妳已經愛上他人了。

——那就是自己的媽媽。

「現在之館」變得一片黯淡。

我閉上雙眼，將刀子劃了下去——

「不行喔。」

突然地，一道熟悉無比的聲音傳來，凍住了我的動作。

「不行這麼做，莫向陽。」

驚訝無比的我緩緩張開眼睛，結果發現不知何時，封閉的「現在之館」已打開了。

──白。

繼承自陌雪，一塵不染的白上衣。

但是，並非只有白而已。

黑色的頭髮、黑色的裙子，紅色的髮帶。

沐浴在白色的陽光中，右手抵著門的陌羽閃閃發光。

「終於找到你了。」

陌羽露出了足以抹滅所有黑暗的微笑說道：

「我好想你，莫向陽。」

chapter 5 重逢的殺人偵探和助手，以及分別

「雖然有很多話想說，但現在還是先這麼做吧。」

陌羽走到我面前，扣住了自己的食指。

——啪！

「痛！」

她一個彈指，讓我的額頭遭受一股衝擊，手中的刀子也因為這樣掉到了地上。

「這是你一聲不響就走的懲罰。」

——啪。

「這是你讓我拚命找了好多天的懲罰。」

——啪。

「這是你剛剛想要自殺的懲罰。」

——啪、啪、啪。

「痛——好痛！」

我忍不住抱頭逃開。

雖然只是彈額頭，但陌羽每一次都精準地彈在同一個地方啊！

「知道痛就好。」

陌羽微微嘟起嘴巴說道：

「這點痛，跟我這幾天的擔心比起來，根本不算什麼。」

「……」

「我一直擔心，要是你就此不回來怎麼辦，要是從今以後見不到面又該如何。」

「………」

我有些訝異。

因為陌羽竟然如此直白地將自己的心聲吐露出來。

這樣的改變，或許也體現在她的服裝上。

總是穿得一身黑，藉此讓其他人不敢靠近她的陌羽，現在的打扮就像是個普通女孩子。

「總之，你沒事真的是太好了。」

陌羽露出淺笑，此時——

她的身體突然一個搖晃，我趕緊伸手扶住要摔倒的她。

「妳怎麼了？陌羽。」

擔心的我，趕緊上下察看她的身體。

雖然表情看起來沒有太大的異狀，但是臉色比平常蒼白了些。

身上似乎沒有任何外傷，那就是——

「是生病了嗎？還是哪裡不舒服？」

「莫向陽，我想你一定誤會了什麼。」

「嗯？」

「一直以來，為了怕自己的感情波動太大，導致『可愛性侵略』發動，我努力學會了壓抑自己情緒的方法。」

「嗯。」

「但是——善於處理自己的情緒，不等於沒有。」

她微微抬起頭，以責備的眼神瞄了我一眼。

「我是因為安心而脫力。」

「咦……？」

「見到你後，我終於鬆了一口氣。」

她將身體倚在我的身體上。

「抱歉……總覺得有些站不穩了，借我靠一下。」

看著她有些虛弱的模樣，我的心中漾起了罪惡感。

這十年來，第一次看到她如此。

看來她承受的壓力遠比我想像的大。

我的手繞過她的腰後，想要藉由摟住她，讓她站得更穩些。

但就在要碰到她腰的前一刻，我收了手。

不管陌羽如何改變，不管她多麼親近我，我們之間的距離始終不該改變。

我能給她依靠，也會好好保護和呵護她。
但是，我必須對她隱瞞最重要的過去。
若是現在小莫向陽出現在我面前，為了保護陌羽，我想我也會想盡辦法在陌羽不知情的狀況下，將他除去吧。
我希望陌羽得到幸福，也深信她能得到幸福。
但是，我知道的——
即將殺人的我，並不是給她幸福的那個人。

❖ ❖ ❖

在陌羽恢復正常後，應她的要求，我將目前為止發生的事向她說了。
當然，我隱瞞了十年前的過往沒說。
「原來如此。」
陌羽點了點後，將現在的狀況做了整理。
「現在之人『五人』，過去之人『五人』，然後案件的順序應該是這樣的——」
一、小克拉在「過去之館」死掉，死因是左手被斬，失血過多而導致了休克性死亡。
二、克拉在「現在之館」中以同樣的死法死去。
三、小克拉的命案，唯一的嫌犯是司馬封。
四、克拉的命案，唯一的嫌犯是司馬焰。

五、小愛莉莎在「過去之館」死去，死因一樣是左手被斬，失血過多而導致休克性死亡，死狀是被層層膠帶綁在高處的十字架上。

六、愛莉莎在「現在之館」中，以同樣的死因和狀況死亡。

「愛莉莎的案件先擺一邊，我們先來解決克拉的案子吧。」

「好的。」

我從懷中拿出名片盒。

打算依照往例，取出裡頭的「D95」藥丸服下，化身成讓陌羽殺掉的被害人。

但是──

「嘿咻。」

我的名片盒跟「D95」藥丸，就這樣被陌羽一把搶走，往「時之館」外頭丟去。

「……」

因為太過突然，我看著化作一道光的名片盒，嘴巴大張。

「我調查過了，『D95』會強制性加快心跳和反射神經，說白了，就是效用強烈的興奮劑。」

「就算如此，那又如何？」

「因為吃了會傷身，所以以後你再也不准吃。」

「可是──」

「你不准吃。」

「…………」

好吧，那只有做好覺悟了。

我閉上雙眼，挺起胸膛。

看到我這樣，陌羽疑惑地問道：

「你做什麼？」

「妳的意思，不就是要我在不服用藥丸的狀態下，成為妳的被害人嗎？」

「……」

「來吧，陌羽！這次，我也會努力不死的──」

──啪！

「痛！」

陌羽又突然彈了我的額頭一下。

「笨蛋。」

「咦？」

「大笨蛋。」

陌羽鼓起嘴巴轉過身去，就像是在鬧脾氣。

「……」

怎麼辦？

面對變了一個人的陌羽，我開始越來越抓不準和她之間的距離了。

妳又不是愛莉莎，別這樣好嗎？

「莫向陽，我雖是殺人偵探，但我已決定再也不用殺人來破案。」

「那麼，妳打算用什麼破案呢？」

「那當然是用我那聰明的灰色腦細胞啦——」

說到一半，大概是覺得害羞吧，陌羽的臉頰微微紅了一下。

但是她馬上輕咳幾聲，試著遮掩剛剛的失態。

我也趁此機會，趕緊移開緊盯著她的目光。

怎麼辦？

面對這麼可愛的陌羽，我真的越來越抓不準和她之間的距離了。

「總之，回歸正題。」

陌羽指著地上的克拉屍體說道：

「這副死掉的情狀，明顯有一個疑點。」

「什麼疑點？」

「血跡的分布，很顯然不太對勁。」

「血跡？」

我仔細打量倒在地上的克拉。

從斷裂的左手處，流出了大量的鮮血。

這些鮮血以傷口為圓心，在地上形成了一小灘血窪。

「沒有足跡，也沒有其他值得注意的痕跡，這到底哪裡不對了？」

「你說得對，沒有值得注意的痕跡。」

陌羽露出微笑：

「但也就因為如此，才顯得不正常。」

「……什麼意思？」

「在說明此點前，先到『過去之館』吧。」

「『過去之館』……是嗎？」

或許，逃跑的小莫向陽就躲在那兒。

我的拳頭不禁緊握了起來。

「只要看過小克拉的屍體，確定自己的想法沒錯後，我想我就能知道凶手是誰了。」

「我明白了。」

「走吧。」

——一股柔軟突然包裹住我的手。

我再度驚訝地說不出話來。

「去『過去之館』吧，莫向陽。」

向前走的陌羽，就這樣自然地牽起了我的手。

這瞬間，我猶豫要不要掙脫。

最後，我還是以幾乎察覺不到的力道反握了她的手。

既然都快結束了。

那麼就讓我再作點夢吧。

❖❖❖

「陌羽，妳是怎麼找到此地的？」

在「過去通道」中，我提出疑問。

「因為我在你的身上和手機中裝了追蹤器。」

「……」

「開玩笑的。」

「……妳的角色個性是不是越來越崩壞了。」

這是不是我第一次聽妳開玩笑啊？

「你可是讓我不眠不休找了好多天啊，讓我使個壞心眼又如何？」

「是……」

雖然「過去通道」和之前一樣，充滿著讓人喘不過氣的黑暗。

但被陌羽牽著，那個一直以來迴響在我耳邊的雨聲和雷聲似乎消失了，再也沒出現。

「我之所以能找到這邊，是因為『盲』也寄了一封邀請函給我。」

陌羽從懷中抽出一張和我一樣的ＩＤ卡。

「信中的內容，交代了你們都在『時之館』的事情外，也順道附了一把打開『時之館』的鑰匙。」

「也就是說，目前的一切，都還在『盲』的算計中嗎？」

他到底是誰？又有什麼目的呢？

「莫向陽，你認為什麼是『盲點』？」

「怎麼突然問起這個？」

「你回答我就是了。」

「『盲點』……看不到的地方？」

「錯了。」

陌羽斷然否定後說道：

「在看不到之前，先要有『看到』的前置動作吧。」

「……？」

「所謂的『盲點』，指的是『注視某處』後所產生的視野盲區。」

陌羽指著自己的眼睛說道：

「也就是說，『盲』必須先用某物吸引你的目光後，才能躲在你思考和視野所產生的盲區中。」

「妳說得對……」

平樂園中，我因為注視著不存在的凶手，所以遺漏了「盲」根本不在遊樂園的事實。

闕梅學院中，我看著殘缺姫的傳說，忽略了順序改變的可能性。

「所以，在跟『盲』對抗時，我們不該試著猜想他擬了怎樣的計策，有什麼目的。」

因為這會正中「盲」的下懷。

「我們應該留意的是——『盲』要我們看著什麼。」

陌羽的這番話，讓我有種豁然開朗的感覺。

「那麼，回頭想想看吧，整段『時之館』的案件中，他希望我們注意什麼呢？」

「嗯……」

數量一致的擺設，位置一樣的家具，以及格局一模一樣的館內設計。

「很明顯的，『整個時之館』就是『盲』希望我們注視的事物。」

我彷彿看到了陌羽揮下刀子，將看似複雜無比的狀況，「啪」的一聲剖析開來。

「我們現在所處的『時之館』，有哪些外面世界沒有的要素呢？」

一、分成了互相隔絕的三個館。

二、只能從「現在之館」前往的「過去之館」和「未來之館」。

三、本館和分館的連結通道只有一條。

「『時之館』若要用一句話概括，那就是——有條件限制的三個密室。」

一旦有人在連結通道中，那麼通道兩端的館就成了密室。

「沒錯，所以我們才會依照這個結論，推出唯一一個有可能的凶手。」

小克拉死時，在過去之館的人唯有司馬封。

克拉死時，在現在之館的人只有可能是司馬焰。

「錯了。」

陌羽搖搖頭。

「你們這麼做，恰巧掉入了『盲』的陷阱中。」

「……怎麼說？」

「這三個條件型密室，是由『盲』所準備，以他所預備的道路前行，那當然只能抵達他所設定的終點；而真正的真相，就得以藏在道路之外的黑暗裡。」

因為注視某物後所產生的視野盲區——盲點。

「所以要找出真相，就必須先將我們之前的判斷捨棄掉？」

「是的。」

在我和陌羽談話的過程中，我們終於抵達了「過去之館」。

「嗯，果然沒錯。」

只看了小克拉一眼，陌羽就點了點頭。

「我知道凶手是誰了。」

❖ ❖ ❖

「莫向陽，你仔細看看小克拉屍體旁的血跡。」

「不就跟克拉一模一樣嗎？」

以傷口處為圓心，從傷口處擴散成一個類似圓形的血窪。

雖然司馬封曾替小克拉進行過救助。

但真不愧是老練刑警，他在救人時，也小心地避開了地上的血窪，並沒有踩到血窪而留下血腳印。

「你不覺得奇怪嗎？這兩個人除了左手外沒有任何外傷，從死狀來看，死因應是出血過多而死。」

「嗯。」

「但是，這樣的死因，在死前應該會掙扎吧？」

「……」

「如果不是『瞬間死亡』——」

陌羽指著地上的血跡說道：

「那麼，地上的血跡就不應該這麼漂亮。」

為了求生，人類會掙扎。

一旦這麼做了後，地板上就會留下類似擦拭過的血痕。

「為什麼……我和司馬封竟然沒有想到呢？」

我摀著額頭，不敢置信地說道：

「這明明是如此明顯的疑點。」

「因為你們注視『時之館』太久了。」

陌羽再度指向克拉的屍體說道：

「『過去之館』存在的東西，『現在之館』就會出現——你們不自覺有了這樣的認知。」

「盲」的那些精心布置都是有意義的。

他不斷地藉這些東西給予我們心理暗示。

讓我們在看到同樣的事物時，會因為習慣而不自覺地放棄思考。

「仔細想想，兩個屍體死狀一模一樣，這難道不異常嗎？」

「當然異常……甚至可以說異常到了極點。」

要是處在正常狀況下，我們一定會不斷檢視這兩個屍體。

但就是因為我們身處「時之館」，所以我們反而覺得這樣才是應當的。

「太厲害了……」

雖然是敵人，但不得不說，「盲」至今為止的計策，都完美地抓到了人類的心理破綻，漂亮得讓人無話可說。

而能看穿這一切的陌羽，也是個不亞於「盲」的人物。

「等一下，既然不可能有同樣的屍體出現，那凶手不就是——」

「沒錯，打從一開始，『死狀一樣』這事，就已經宣告了凶手是何人。」

第三度，陌羽指向小克拉的屍體。

「身為被害人的克拉和小克拉——」

「她們同時也是『凶手』。」

「…………」

我先是愣了一下，接著馬上反應過來是怎麼回事。

「也就是說……她們是『自殺』？」

「是的，她們斬下了自己的左手，然後靜待自己失血過多至死。」

當命案發生時，不是只有司馬封或是司馬焰一人存在於密室中。其實還有別的嫌疑犯存在於裡頭。

──那就是「被害人」。

被「時之館」麻痺的思考，讓我們連這點可能性都忘了。

陌羽說得沒錯。

注視著「盲」給予的事物，就會誕生足以隱藏真相的視野盲區。

「那麼，動機呢？」

放棄求生、忍耐劇痛，靜待自己流血而死。

「即使這麼痛苦也要以這樣的方式死亡，她們求的到底是什麼？」

「嗯……」

陌羽抱臂沉思。

「雖然我不敢百分之百肯定，但我猜想她們這麼做，應該是為了『強化時之館給你們的認知』。」

「強化……認知？」

「也就是克拉一直跟你們提到的『法則』。」

──**「只要掌握『時之館』中的『法則』，你就能得到穿越時空的力量。」**

「那麼，這個法則是什麼呢？」

「『過去之館』的人死掉後，『現在之館』的人就會跟著死去。」

「死掉的人靈魂會被抽取，裝到『未來之館』中，對吧？」

「嗯。」

「克拉和小克拉，都是『盲』事前準備的棋子，他吩咐她們在同一時間，以同樣的方式在同一地點死去，強化你們對『法則』的認知。」

「也就是說，『法則』是假的？只是『盲』設下的圈套？」

「是的。」

聽到陌羽這麼說，我突然感到一陣無力。

「所以……穿越時空也是假的囉？」

若這一切都是虛假，那我又怎麼回到過去挽救十年前的悲劇？

「…………………」

聽到我這麼問，陌羽看了我一眼。

「你想穿越時光嗎？莫向陽。」

「……也沒有啦。」

我趕緊露出微笑，裝傻說道：

「只要是正常人，都會想試試看時空旅行吧？」

「或許哪一天，人類真的能做到此事也說不定。但我並不覺得這個『時之館』具備穿越時空的機能。」

「為什麼？」

「因為這裡的『法則』，全都是『人為』——不管是家具還是命案都是。」

陌羽手撫著胸口說道：

「若『法則』是絕對的，那麼當我踏入『時之館』的那刻，『過去之館』應該會出現十年前的我才對。」

「說不定……只是妳待的時間還不夠，所以『過去之人』才來不及誕生？」

「莫向陽，你是怎麼了？」

陌羽皺了皺細細的眉毛。

「總覺得，你似乎想要肯定『時之館』？」

「因為我確實遇到了許多不合常理的事情。」

「例如？」

——這些「過去之人」，說得出只有當事者才知道的過往。

我本想這麼說，但話在嘴邊時煞住了車。

小莫向陽說過的話，我一句都沒跟陌羽說。

要是真的這麼說了，一定會被陌羽發現，我其實對她隱瞞了部分的事實。

「莫向陽？」

看到我突然沉默，陌羽有些擔心地問道：

「你怎麼了？突然不說話。」

「我沒事。」

我趕緊遮掩道：

「如果就像妳說的，『時之館』不存在『法則』，那麼愛莉莎又是怎麼死的？」

「雖還沒親眼看過死亡現場，但光聽你的敘述，我想我大概就知道凶手是誰了。」

「……真的假的！」

這也太快了。

與其說這是用推理得出的答案，不如說——

就是因為比誰都還靠近殺人者，所以才能這麼快地就明白凶手的想法。

「雖然殺死小愛莉莎的是誰，我尚無法肯定，但殺死愛莉莎的人選，我已經確定了。」

「是誰呢？」

「這個暫時保密，因為我想測試一件事。」

「什麼事？」

「那些人真的是『未來之人』，還是只是他人躲在背後操弄的虛擬程式呢？」

「…………」

「我想測試那些『未來之人』，想知道他們究竟是真是假。」

❖ ❖ ❖

應陌羽的要求，我帶她來到了「未來之館」。

看到大量玻璃製成的牆壁，陌羽饒有興趣地多打量了幾眼。

而在館內，我們也遇到了身上已經沒有穿著風衣的司馬封。

他看到陌羽後，並沒有露出任何驚訝的神情，像是早就料到她遲早會出現在這個地方。

不過他還是問了一下她過來這邊的來龍去脈。

等到問完後，他提出了他這陣子搜查的收穫——不，應該說看到的疑點。

「陌羽、莫向陽。」

司馬封眉頭深鎖地問道：

「你們有看到司馬焰嗎？」

「小焰？」

我和陌羽互看了一眼後，同時搖了搖頭。

「莫向陽，你真的有在『未來之館』中看到司馬焰嗎？」

司馬封再度確認。

「我確定我有，雖然能作證的克拉已經死了，但她也有看到。」

「那就怪了。」

「哪裡奇怪？」

「我到處都找不到司馬焰。」

「這三個館那麼大，視覺死角很多，就算兩人同在一個館也不一定會看到彼此，會不會只是一時看漏？」

「不可能，因為我可是仔細搜索過了。」

司馬封指著「未來通道」的門說道：

「出入口只有一個，我每次在搜索任何一個館之前，都會利用那個門，讓館變成密室。」

「變成密室？你怎麼做的？」

「只是一點小技巧而已，首先將門關起來，然後在打開門後的必經之處隨便布置點灰塵。」

「原來如此，若是地上的灰塵分布有變，就表示有人在你搜查時使用了這個門進出。」

雖然可能會有人注意到此事，然後故意跳開那些灰塵。

但是這機率趨近於0，我想我們可以忽略。

「我用這個方法，依序仔細探察『過去之館』、『現在之館』、『未來之館』，結果得到一個詭異的結論──」

「司馬焰不存在於『時之館』的任何一處。」

「…………」

我和陌羽聽到此事後，同時陷入沉默。

就連陌羽面對這超脫現實的情況，都暫時得不出一個合理的結論來。

確實，自從我在「未來之館」見到司馬焰後，就再也沒看過她了。

「在陌羽進來『時之館』時，位於『現在之館』的大門打開了。」
當打開的那瞬間，「時之館」就不是封閉環境了。
「會不會是趁那時跑出館外的？」
「我的那些搜查，是在陌羽進館前。」
司馬封用菸指著我說道：
「也就是你在未來愛莉莎面前消沉的那一晚。」
「所以……這到底是怎麼回事？」
「我認為這個『時之館』，可能藏有一些我們不知道的祕密。」
「你是說密室或是祕密通道之類的嗎？」
「或許吧。」
司馬封撫摸著玻璃製成的牆壁說道：
「而且，我們到現在，還是不知道究竟誰是『盲』。」

——「愛莉莎被某人取代的可能性，並不是零。」

司馬封曾懷疑愛莉莎就是「盲」，但現在愛莉莎已經死了。
失蹤的司馬焰、不知在何處的「盲」以及詭異的「時之館」。
雖然解決了克拉的命案，但新的謎團就像是在嘲笑我們的努力，依然不斷地衍生。
「那麼，不如來問問當事人吧。」

陌羽走到未來愛莉莎面前，對著螢幕問道：

「好久不見了，愛莉莎。」

「陌羽大小姐，久疏問候。」

未來愛莉莎雙手拉起女僕裙，行了一個禮後說道：

「請原諒我先行一步到另一個時空，無法繼續服侍妳了。」

「沒關係的，妳辛苦了。」

「是，謝謝陌羽大小姐體諒。」

「……」

「……」

對話結束。

沒有主人弔唁死掉僕人的用詞，也沒有僕人向主人表達不捨的情意。

這兩個人的對談總是如此，總是只進行必要的交流。

一個刻意疏遠他人，一個是不自覺地遠離他人。

雖然愛莉莎是陌羽的專屬女僕，也在她身邊服侍了十年，但我還是搞不清楚她們兩個究竟是熟還是不熟。

說不定不知道跟愛莉莎如何相處的，並不只有我一人而已。

「那麼，愛莉莎，我想問妳一個問題。」

可能知道表達關心也是無用吧，陌羽直接切入了主題。

「是，陌羽大小姐，有何吩咐？」

「雖然妳沒說，但我知道妳常離開家去進行各種副業，拿來貼補我們陌家。」
「身為陌家的女僕，這是應所當為。」
「妳戰鬥的本事，想必不輸給進入『狀態』時的我。」
「大小姐過獎了。」
雖然表面上很謙虛，但未來愛莉莎並沒否認這個說法耶。
「但是這樣的妳卻被人殺死了。」
「是，一時大意，真是汗顏。」
「妳是怎麼死掉的，可以跟我詳細說說嗎？」
聽到陌羽這麼問，我忍不住瞄了她一眼。
──**「我想測試那些『未來之人』，想知道他們究竟是真是假。」**
原來她是這個意思。
已經看破真相的陌羽，想要藉著這段對話，測試未來愛莉莎到底知道多少事，是不是只是「盲」躲在身後的故弄玄虛。
「對我死掉的事，陌羽大小姐知道多少呢？」
「雖尚未到現場去勘察，但聽莫向陽述說，應該是這樣的──」
一、莫向陽和司馬封在「未來之館」時，聽到了愛莉莎的慘叫聲。

二、莫向陽跑到「過去之館」時，看到了小愛莉莎被層層膠帶綁在高處的十字架上，左手被齊肘斬斷，掉在了屍體正下方。

三、莫向陽馬上跑到「現在之館」，結果看到了愛莉莎以同樣的方式死在了高處的十字架上。

「依據死亡情狀判斷，小愛莉莎和愛莉莎皆是他殺，而非自殺。」

雖看似同樣是左手被斬斷而死，但此案和克拉的命案是完全不同的。

因為自己是不可能將自己綁在高處的十字架上。

「司馬封和莫向陽可以互相證明彼此的不在場證明，也就是說，唯一的嫌犯僅可能是失蹤的司馬焰，但是這個推論也有許多疑點。」

在我聽到慘叫聲後，我馬上跑去「過去之館」，看到了小愛莉莎的屍體。

接著我跑去「現在之館」，只花了兩分鐘。

若凶手是司馬焰，那她不可能在這麼短的時間內殺了兩人，然後再將這兩人綁上十字架上的。

「呵呵……」

突然地，在未來愛莉莎旁邊的螢幕笑出了聲音。

「這還有什麼好問的？」

金色頭髮的未來克拉說道：

「既然沒有人有可能是凶手，那就表示殺了他們兩人的，是『時之館』的『法則』。」

「妳先安靜一點，我並沒有在問妳。」

陌羽以沉靜但不容質疑的聲音說道：

「我唯一想聽的，是未來愛莉莎的回答。」

一時之間，「未來之館」一片寂靜。

所有人的目光，都集中在未來愛莉莎身上。

過了不知多久後，未來愛莉莎張口說道：

「我不知道是誰殺了小愛莉莎，但是殺我的人我知道。」

「是誰？」

「其實答案意外的簡單，那時在『現在之館』的人，就是凶手。」

「那時有人在『現在之館』嗎？」

「莫向陽，你忘了嗎？當你抵達『現在之館』後，你除了我之外還看到了誰？」

——「愛莉莎突然飛了起來。」

——「就像是有一把隱形的刀子砍向她的手，她的左手憑空斷掉，落了下來。」

——「無數的膠帶出現，將愛莉莎的身體綑在了十字架上，大量的鮮血就像是瀑布一樣噴了下來。」

那時在「現在之館」中，我還見到了小司馬焰、小司馬封、小莫向陽三人。

「妳的意思是，凶手是那三個『過去之人』中其中一人嗎？」

「可是這很奇怪吧？」

司馬封提出質疑：

「就像我和莫向陽互相證明彼此的不在場證明一樣，這三人應該也可以互相證明彼此才對。」

「你說得沒錯。」

「要在其他兩人沒發現的狀況下，將屍體搬到高處的十字架並捆綁起來，根本是件不可能的任務。」

所以，我們才打從一開始就沒將這些「過去之人」放入嫌疑犯的名單中。

「就像你說的，凶手並不是這三人中其中一人。」

「妳到底在說什麼，難道還有其他人躲在『現在之館』嗎？」

「沒有了。」

「……妳說的話前後矛盾。」

凶手是位於「現在之館」的人。

只有這三人位於「現在之館」——但凶手又不是這三人中的其中一人。

「我的話只能有一種可能吧？」

未來愛莉莎輕輕皺了皺眉，像是有些受不了地說道：

「我什麼時候說凶手是『一個人』了？」

「——咦？」

聽到她這麼說，我和司馬封同時發出驚訝的叫聲，而陌羽則點了點頭，一副盡在她預料之中的模樣。

「凶手是『全部人』。」

未來愛莉莎面無表情地伸出食指，像是在指出凶手似地大聲說道：

「砍掉我左手，用膠帶把我綁在十字架上的凶手，就是——

「小司馬焰、小司馬封、小莫向陽三人。」

❖ ❖ ❖

「確實……只可能是如此了。」

這是唯一的可能性。

「這三人同是凶手，也同是共犯。」

「原來如此，若是這三人同時群起而攻，那確實會中招。」

陌羽點了點頭後說道：

「換作是我，大概也無法倖存吧。」

「這些『過去之人』……到底想做什麼？」

我撫著額頭，不敢置信地說道：

「竟然群起殺人。」

稍微想像那個畫面，就讓我感到噁心。

「因為你和司馬封有充分的不在場證明，所以殺死小愛莉莎的人，大概也是那些『過去之人』吧。」

「失蹤的司馬焰呢？」

「她的嫌疑尚未完全排除，但是從第一起命案來看，全都是這些『過去之人』殺的可能性高得多。」

我再一次的讚嘆起了陌羽的聰穎。

連現場都沒詳細看過，僅憑我的情況轉述，竟然就將這起案子漂亮解決了。

「有關大小愛莉莎的命案，大致狀況應該是如此——」

一、莫向陽和司馬封在「未來之館」聽到慘叫聲。

二、這時，「過去之人」正在「過去之館」殺了小愛莉莎，將其綁在十字架上。

三、莫向陽跑到「過去之館」，趁著他被高處屍體吸引的瞬間，「過去之人」跑回「現在之館」。

四、三個「過去之人」合夥將愛莉莎以同樣的方式殺死，綁到十字架上。

「看來，之後必須更小心這些『過去之人』了。」

陌羽眼中閃出了光芒說道：

「為了『製造一樣的死亡』，他們似乎什麼事都做得出來。」

「僅僅為了這個……就將兩個人給殺了？」

「沒錯。」
陌羽再度閉眼沉思。
「對他們來說，『法則』是絕對的。」
不管在「過去」發生什麼事，「現在」就得發生。
「若我是凶手的話，我為什麼要堅持這個『法則』呢？」
陌羽不斷喃喃自語道：
「強化眾人對這個『法則』的認知，究竟是想達成怎樣的目的？若我是凶手、若我是凶手、若我是凶手的話——」
「等等！陌羽——！」
我趕緊抓住她的手臂阻止她。
「別再沉浸在凶手的思考中了！」
剛剛的一瞬間，陌羽的雙眼變得紅潤，差點就要進入「狀態」。
「啊，抱歉。」
恢復原狀的陌羽露出有些歉疚的笑容說道：
「為了解開真相有點太急躁了，不知不覺間就用了以前習慣的方法。」
「不用這麼著急也沒關係的。」
要是在「時之館」這樣的環境中進入「狀態」，那這邊一瞬間就要化作煉獄了。
「我也說不上是為什麼，但總覺得要是不快點解開真相，事情就不妙了。」
「為何這麼說？」

「這只是一股直覺……凶手的目的，十分恐怖也十分令人厭惡。」

「……」

「要是繼續讓事態發展下去，總覺得會有什麼無法挽回的事發生。」

陌羽的思考極為接近凶手。

雖然她的說詞很曖昧，但絕不可輕忽。

發展至今，已經死了四個人，一個人去向不明。

但即使如此，也只是前奏而已嗎？

凶手真正想完成的計畫究竟是什麼？

「而且，雖然已經發現凶手是誰了，但我依舊十分在意一件事。」

「什麼事呢？」

「為何要用『這麼麻煩』的方式殺了愛莉莎？」

「什麼意思？」

「她和克拉都是被砍斷左手而死，若是真的要殺她，那根本就不用將她綁在高處的十字架上吧？」

「沒錯。」

這個舉動是多餘的。

就算只是放在那邊不管，愛莉莎也會跟克拉一樣失血過多而亡。

「一定有什麼理由，逼得凶手必須以砍斷左手，綁到高處的麻煩方式殺了愛莉莎。」

「那麼，那個理由是什麼呢？」

「我還在思考。」

「不管怎麼思考都是徒勞的。」

未來克拉再度發言說道：

「『時之館』的『法則』是絕對的，這棟館確實有著穿越時空的功能。」

「那只是表面上看起來如此而已。」

陌羽搖了搖頭說道：

「所有『過去之人』都是『盲』的棋子，他巧妙地利用這些人，達成彷彿穿越時空的假象而已。」

「那麼，妳又要怎麼解釋未來愛莉莎剛剛的發言呢？」

未來克拉露出嘲弄的笑容說道：

「她為何擁有過去的記憶？為何可以說出殺死自己的凶手。」

「……」

「只要認同『法則』的存在，一切就會變得輕鬆許多吧？那為什麼不認同？」

未來克拉笑道：

「過去之人死，則現在之人死，接著重生於未來。」

「這太荒誕了，難以相信。」

「那麼，就讓我的主人，為你們證明『法則』是真的存在吧！」

未來克拉雙手大張。

此時，就像是回應她的動作——

——喀！

餐桌突然陷了一塊下去，從缺陷處，一個螢幕緩緩升了起來。

「咦……？」

怎麼會有新的螢幕升起來？

難道——

「又有新的人死了？」

意識到這點的我，趕緊緊張地四處察看！

我、司馬封、陌羽都很正常，沒有任何威脅和「過去之人」靠近我們。

「也就是說，這個螢幕即將出現的人是——」

至今為止失蹤不在的司馬焰？

——沙！

液晶螢幕發出了雜訊聲，逐漸固定成人類的輪廓。

我們三人靠近螢幕，緊緊盯著裡頭的影像看。

——沙沙。

裡頭的人有著滿面鬍碴，他穿著風衣咬著香菸，可能是煩惱太多，明明還身值壯年卻滿頭白髮。

「咦……為何？」

出現在我們面前的人，正是未來司馬封。

「司馬封不是活得好好的嗎？」

我轉頭看向身旁的司馬封，而他也以同樣驚訝的眼神回望我。

這瞬間，我的腦中閃過一個想法。

眼前的司馬封是假的，是由「盲」所假扮，而真正的司馬封已經死了。

但是很快地，一道刺耳的聲響出現，粉碎了我這個天真的想法！

——砰！

事情發生得極為突然！不管是誰都沒反應到！

司馬封背後的玻璃牆壁碎裂，一支尖銳無比的鐵錐刺了進來，準確地從背後貫穿了司馬封的心臟！

「嗚！咳——！」

司馬封雙手握著胸前的鐵錐，掙扎著想要拔出，但是因為這支鐵錐緊緊連著身後的牆壁，使得他的努力只是徒勞。

「司馬封！」

我衝上前去想要幫忙，但我衣服後領卻突然一緊，逼得我停下腳步！

「不要過去！莫向陽！」

陌羽大聲說道：

「凶手就在牆後，要是太靠近牆會有危險的！」

牆後？

牆後是哪裡？

在這樣的緊急狀況下，我的腦中浮現了我在ＩＤ卡上看到的「時之館」平面圖。

若牆後是別的館，那就是隔壁的——

「也就是說，凶手現在是在『現在之館』囉！」

「咳、咳噗——！」

大量的鮮血從司馬封口中湧出，就像是水龍頭一樣。

這些血噴濺到我的西裝上，也將我的眼鏡和視野染成了一片紅。

這個出血量很顯然不正常，雖然凶手是隔牆行凶，但他確實準確地刺中了司馬封的致命處。

「司馬封，你等一下！我馬上去找醫療用品！」

我轉過身想跑到「現在之館」，但是我的手馬上被抓住。

「不用了……莫向陽，你應該也知道，我這大概是沒救了……」

「不要放棄！你不是特殊命案科的警察嗎！不是歷經無數生死難關嗎！」

所以、所以——

「你這次也一定會度過的！」

「哈哈……為何露出這種想哭的表情……你不是很討厭我嗎……」

「是啊！我是很討厭你。」

這十年來，我和陌羽的關係在我的努力下，一直處於凍結。

但是，你出現了。

為了追查十年前的真相，你打破了時間停止的我們，無數次將我和陌羽推入「盲」設計的險境中。

「但不管再討厭你，我都不會希望你以這種方式死去啊！」
聽到我這麼說，司馬封露出淺淺的笑容。
「聽好囉……莫向陽，這是我最後的遺言……」
「別說什麼遺言！」
「我似乎……知道『盲』是誰了……」
「別再開口說話了！司馬封！」
「『盲』……可能不只一人……」
司馬封沾滿血的手緊緊地握住我的手臂，就像是使盡最後力氣說道：
「許多的『盲』合力製造了盲點……讓真正的『盲』躲在裡頭……」
大量鮮血從司馬封的嘴和傷口噴湧出來，抓著我的手也因為無力而漸漸滑落。
「司馬封。」
陌羽走到我身旁，微微抬起頭問道：
「所以，你認為『盲』究竟是誰？」
「哈哈……」
面對陌羽的問題，司馬封只是露出了笑容，輕輕搖了搖頭。
這個動作是什麼意思？
他是不知道呢？還是無法說呢？
「莫向陽……」
司馬封轉而面對我。

「你也知道的，我過去犯了大錯，即使現在也依然無法面對自己的過去……」
放跑的犯人殺了他全家，讓司馬焰恨上了司馬封，也讓這對兄妹從此無法見面。
「但是……」
司馬封顫抖的手，從口袋中拿出了菸。
「即使曾經後悔，不過我不曾為自己這個人感到羞愧。」
雖然菸沒有點著，但司馬封依舊露出笑容咬住。
「要是男人連自己都無法驕傲，那就完了。」
他再度哈哈一笑，就像是完全沒有受傷的模樣。
「要是無法承受，即使逃避也沒關係，但是請記住，別一邊逃一邊露出痛苦的表情，那樣實在太遜了。」
——啪！
「莫向陽，你認為什麼是男人呢？」
儘管即將死去，但他還是使盡最後的力氣，用手重重地拍了一下我的肩。
「聽好囉，所謂的男人啊——
「就是不管多後悔和捨不得，都會在最後露出笑容的生物啊！」
——口中的菸滑落。
司馬封就這樣笑著死去了。

明明沒抽到任何一口菸，但還是一臉滿足的模樣。

❖ ❖ ❖

看著司馬封的屍體，我突然意識到，我為何下意識地討厭他。

他的過去發生了不亞於我的慘案，但他總是板著臉，不曾露出脆弱和痛苦的模樣。

我不知道他實際上是怎麼想的，或許他曾在半夜惡夢，也曾在不為人知的地方痛哭過。

但至少他表面上比我風光多了。

「莫向陽。」

可能是擔心我吧，陌羽走到我的身旁，柔聲問道：

「你還好嗎？」

「我……很好。」

轉過頭來，我對陌羽露出微笑。

「我很好。」

本來在陌羽面前，我都是戴上面具的。

但這陣子發生的事情太多，讓我連自己該做什麼都忘了。

多虧司馬封，讓我總算想了起來。

我是為了在陌羽面前露出微笑，不被其看破真心而存在的。

「嗯……」

看到我這副笑臉，陌羽不知為何露出有些寂寞的笑容。

「陌羽。」

我刻意帶開話題，直接向她問道：

「聽完司馬封臨死前的話，妳認為誰是『盲』呢？」

「關於這個，我倒是有話想說。」

未來愛莉莎突然插話道：

「我在各國以傭兵身分旅行時，曾經見過『盲』。」

「妳怎麼知道他是『盲』？」

「因為她實在過於異常。」

就像是在回憶一般，未來愛莉莎一邊用手指摩娑著銀色短髮一邊說道：

「在硝煙的戰場上，突然出現一個女高中生。」

「她的打扮，是不是如此呢？」

我將司馬焰的裝扮詳細說了一遍。

「沒錯，就是這樣。」

未來愛莉莎點了點說道：

「她的身材和打扮，就跟司馬焰一模一樣。」

「我看過的『盲』也是如此。」

新出現的未來司馬封，吐了口煙後淡淡地說道：

「她長得跟司馬焰一模一樣，我第一次見到她時，心臟都快停了。」

真是古怪。

明明司馬封和愛莉莎都已經死了。

但此時大家聚在一起討論，就好像他們還活著似的。

「莫向陽，你看到的『盲』是不是也是如此呢？」

未來司馬封一邊點起第二根菸一邊問道：

「雖然號稱千面人、化妝天才，但實際上是怎樣的？」

我回想之前遇到「盲」時的情景。

我曾在平樂園和她碰過一次。

在闕梅學院中則碰過無數次。

但是，不管是哪一次——

「他都是以司馬焰的模樣出現。」

「雖然不知道其中原因是什麼。」

未來愛莉莎說出她的推論：

「或許她有著什麼逼不得已的原因，『必須扮成司馬焰』。」

「是什麼原因呢？」

「其實，我有一個大膽的想法——」

「那就是『盲』和司馬焰根本就是同個人。」

「……真有這麼簡單嗎？」

「說不定就是知道我們會這麼想，她才抓準了這一點這麼做的。」

「嗯……」

「你不是曾觸碰過司馬焰的臉嗎？記得你說過，上頭沒有任何化妝過的痕跡。」

「你的意思是，其實『盲』每次都以本來的面目，大剌剌地站在我們面前？」

「沒錯，你再仔細想想看吧。」

未來愛莉莎提出了一個關鍵性的問題。

「你可曾看過『盲』和司馬焰同時出現過？」

我試著回想從闕梅學院時，和司馬焰有過的對談——

——**「人家剛剛看到一個跟我長得一模一樣的人，這是不是傳說中的『二重身』？這真的讓人好害怕喔，要是今晚怕到睡不著該如何是好？」**

在時之館時，她則是這麼說的——

「看到他時我嚇了一跳，還以為我在照鏡子呢。」

「不管是哪次，都是透過小焰的轉述。」

我點了點頭說道：

「確實，我從未看過『盲』和司馬焰同時出現的情景。」

此時，我突然想到了一件事。

司馬封臨死前，說出了一些耐人尋味的話。

——「許多的『盲』合力製造了盲點……讓真正的『盲』躲在裡頭……」

——「『盲』……可能不只一人……」

「你是這個意思對吧？」

我問向未來司馬封：

「你意識到了，『盲』和司馬焰是同一人。」

「是的。」

未來司馬封點了點頭，嘆了口氣說道：

「真是諷刺，沒想到我一直在追緝的『盲』，竟是自己的妹妹。」

「難怪在『時之館』一直找不到司馬焰。」

愛莉莎握拳敲在平攤的手掌上，一副恍然大悟的樣子說道：

「若是設計這座『時之館』的『盲』，想必會知道一些他人不知曉的密室和祕密通道吧。」

雖然這兩人在現在已死。

但是他們未來的靈魂依然存在。

只要這樣持續和他們討論，我們遲早能抓出「盲」是誰——

「到此為止了，『盲』。」

但是，一個出乎我意料的人突然出現，打斷了我們的對談。

「別再這樣誤導我們了。」

一直以來沉默的陌羽突然出聲，她輕輕拉了拉我的衣服，將在螢幕前的我拉到她的身旁。

「『盲』？」

我四處張望，卻沒看到任何人。

「陌羽，妳說誰是『盲』呢？」

「那當然是你眼前看到的『未來之人』啊。」

陌羽伸出手指，從左至右依序指著螢幕說道：

「未來克拉、未來愛莉莎、未來司馬封——這些人全都是『盲』。」

「…………」

陌羽突然其來的發言，讓所有人都陷入沉默。

「陌羽……你怎麼會這麼說呢？」

我不可置信地說道：

「即使死掉，這些人依然盡力幫我們分析事態，妳——」

「莫向陽，你仔細想想克拉和愛莉莎的命案。」

「有什麼好想的？我們不是已經分析出凶手是誰了嗎？」

克拉和小克拉是自殺。

至於愛莉莎，則是由剩下的過去之人合謀殺死。

「難道這些結論有任何問題嗎？」

「不，已經沒有其他可能性了，這些確實是真相沒錯。」

「既然如此，那還有什麼好討論的？」

「這些真相後面，隱藏了一個再明顯不過的含意，難道莫向陽你沒發覺嗎？」

「嗯？」

「為了強化『法則』，這些『過去之人』砍下了自己的手臂，甚至願意進行集體殺人。」

陌羽顫動長長的睫毛，說出了關鍵所在：

「也就是說，『過去之人』全都是無條件聽從『盲』的棋子。」

「但是現在跟我們討論的並不是『過去之人』啊？」

「既然這些案件都由『盲』的棋子製造，那就表示這是他要我們注視的地方。」

——「所謂的『盲點』，指的是『注視某處』後所產生的視野盲區。」

「以『盲』所預備的道路前行，那當然只能抵達他所設定的終點。」

陌羽看著那些「未來之人」說道：

「『過去之人』一手打造的案件，導致了『未來之人』的誕生，那你又為何會相信他們的說詞呢？」

「妳的意思是，這些『未來之人』全都是假的？」

「是的，來這個館的人全都是由『盲』所邀，事先製造我們十年後的虛擬影像，然後再躲在背後操控，這並非是什麼難事。」

「所以……他們不是死掉之人的靈魂昇華後所誕生的影像嗎？」

聽到我這麼說，陌羽微微睜大眼，露出驚訝的表情說道：

「我倒是想問你，你為何會相信這種彷彿魔法一般的說法呢？」

「沒錯、妳說得沒錯……」

是我被「時之館」侵蝕得太久了嗎？

要是平常的我肯定會一口否認的。

但至今為止發生太多無法解釋的事，讓我即使理智明白這都是「盲」的詭計，但——

我似乎開始不知不覺間相信了「法則」。

「那麼，證據呢？」

我問向陌羽：

「這些『未來之人』是假的證據呢？」

「不合理的地方當然是有的，比方說吧——」

陌羽走到未來司馬封面前，向他問道：

「你臨死前，我問你『盲』是誰，那時你為何只是搖了搖頭，卻什麼都沒說？」

「自己的妹妹是『盲』，這誰說得出口。」

未來司馬封拿著菸搖了搖說道：

「所以我才沒有回答。」

「是這樣嗎？」

陌羽沉靜的聲音，突然加重了力度。

「但你死後，似乎就說出口了啊？」

「……………」

「為何死前不忍說的事，死後卻大方地說了出來？」

「……………」

「這難道不是想要藉此誤導我們什麼嗎？」

「……………………」

面對陌羽犀利無比的質問，未來司馬封抽著菸，陷入了沉默。

「可是，未來愛莉莎又怎麼說？」

我為她辯解道：

「若她真是『盲』那邊的人，她又為何要將自己死掉的真相告訴我們呢？」

讓我們一直處在真相不明的狀況中，難道不是對他們更有利嗎？

就算她是「盲」的提線人偶，她也是站在我們這邊的。

「莫向陽。」

第一次，我看到了陌羽這樣的表情。

站在我面前的她微微咬著下嘴唇，但是仍沒有壓抑住嘴唇的輕微顫抖。

她以這樣彷彿不忍的表情對著我說道：

「他們死了。」

「……」

「不管你再怎麼不願相信，這些人都已經死了。」

「…………」

「他們絕對不是死而復生的靈魂，只不過是一群由『盲』所創造的電子幽靈而已。」

「但是、但是——」

不死心的我繼續說道：

「他們確實有著以前的記憶。」

那個雨夜，只有我和陌雪知道。

「但是小莫向陽卻知道十年前的事，這難道不就是他們是時空穿越者的證據嗎！」

「十年前的事？」

「——！」

糟了。

「除了你為了保護我而殺了陌雪外，還有什麼其他我不知道的過往嗎？」

「……」

「莫向陽。」

陌羽淡漠的雙眼緊緊盯著我的雙眼。

「你是不是有什麼事瞞著我？」

面對那雙眼睛，我忍不住退了幾步。

該怎麼辦？

要是什麼都不說，憑陌羽的聰穎，她遲早會推理出我隱瞞著什麼樣的事情。

——**「我會讓陌羽愛上他人的。」**

與陌雪許下的過去誓言浮上心頭。

我想讓陌羽愛上他人。

要是她知道真相，她一定會因為畏懼靠近他人而孤獨一生。

我不想看到這樣的她——不想讓她擁有這樣的未來。

為此，我什麼都願意做。

即使是——

即使是我必須親手了結我們的關係。

「妳一直認為，是進入『狀態』的陌羽衝過來，而我挺身保護了妳；但這是錯的。」

我吐出了我一直不願說的那份過往。

「其實，真正保護妳的人是陌雪。」

陌羽什麼話都沒說。

她是悲傷、憤怒、震驚還是不可置信呢？我不知道。

因為我根本不敢看她的臉。

「被陌雪追殺的我，因為過於害怕，所以用刀子挾持了站在一旁的妳，陌雪因為顧慮妳，所以停止了所有動作，呆呆地站在原地。」

陌羽靜靜地佇立在我面前，就像是聽犯人告解的神父。

「最終，無法動彈的陌雪就這樣被我殺死了。」

這是謊言，但也不全然是謊言。

「真是太諷刺了，陌羽。」

即使內心極端痛楚，但我仍盡力保持平靜的模樣。

我抬起頭來，拿出一直以來面對陌羽時的微笑。

「明明妳身為偵探，卻完全沒發現最重要的真相——

「那就是一直待在妳身邊的我，才是真正的凶手。」

聽到我這麼說，陌羽緩緩閉上了雙眼。

我知道的，當我吐露出這個真相的那刻，就表示我們分別的日子到來。

「再見了，陌羽。」

我轉身離開，彷彿沒有任何一絲留戀。

「謝謝妳這陣子的照顧。」

她沒發現的事並不只如此。

她沒發現我沒資格站在她的身旁。

她沒發現我根本無法接受她的感謝。

她也沒發現，我是多麼忍耐，才能在她面前不落下淚來。

——莫向陽，不要面向太陽。

雖然我不是偵探，只是個助手。

但我依然在此刻，發現了一個不該發現的真相。

——「你將永遠不會看到陽光，你的眼前將永遠只有黑暗。」

陌雪為我取的名字，隱含著她的期望。

——「但是，希望你別忘了，我和陌羽就在那片黑暗之中。」

「陌雪，即使如此，妳還是有了一個很大的誤算。」

儘管曾經殺了妳，但在我眼中，陌羽一直是那麼純白無瑕，就像是散落天空中的羽毛一般。

雖然建立的基礎是隱瞞和謊言，但因為有了保護的對象，我才笑著過了十年。

陌雪，妳說自己是殺人鬼，也認為繼承妳血脈的陌羽位於黑暗中。

但是對我來說，她就是救贖。

若是我此生無法面對陽光。

那麼，我想問──

當我將她視為最重要的存在時，我該怎麼站在她的面前呢？

❖ ❖ ❖

「莫大哥？」

當我來到「現在之館」後，我遇到了一直失蹤的司馬焰。

「你還好嗎？怎麼感覺七魂六魄去了三點五魂又三魄呢？」

妳要說一半就說一半，何苦轉化成這麼精確的數字。

「我沒事……不用擔心。」

「可是你臉色很糟耶。」

「只是從昨天開始就什麼東西都沒吃而已。」

我隨便說了個藉口。

也不知是不是打擊過大，儘管已經一天沒吃沒喝，但我仍一點都不感到飢餓。

不過確實有些渾身無力，腦袋也暈暈沉沉的。

見到司馬焰後，明明有很多問題應該問她的，但是不知為何就是提不起勁來。

「對了，莫大哥。」

司馬焰拉著身上穿著的染血風衣。

「我在『過去之館』找到了這件風衣，你知道哥哥去哪兒了嗎？」

「嗯……？記得那是——」

因為在救助小克拉時沾上了血，所以司馬封脫在了「過去之館」的餐桌上。寬大的風衣套在司馬焰身上，幾乎要遮蔽住她全部的身形。

「我一直在找哥哥，但是不知為何都沒找著。」

司馬焰把手藏在風衣中，用右手甩了甩長長的袖子說道：

「這時，我突然看到了哥哥的風衣，心想先穿上再說吧。」

……一般人會穿上都是血的風衣嗎？上頭的血腥味超重的。

「嗅、嗅……」

司馬焰將臉埋在風衣中聞著裡頭的氣味，看起來一臉幸福。

「嘿嘿，哥哥的味道……」

「……」

即使是我，也對司馬焰這舉動有些退避三舍。

「對了，至今為止妳都在哪裡啊？小焰。」

「我不知道。」

「不知道？」

「我因為好奇心去跟小司馬焰聊天，結果她不知為何突然拿了一塊布摀住我的口鼻，我在完全沒得抵抗的狀況下暈倒了。」

「喔……？」

又是一起「過去之人」襲擊「現在之人」的行動。

看來陌羽說得對，「過去之人」都是聽從「盲」行事的棋子。

「……」

一想到陌羽，我被她砍斷的部位和心又開始疼痛起來。

幸好沉浸在思考中的司馬焰，並沒有發覺我的異狀。

「我也不知道我昏迷多久，總之，我是剛剛才從昏迷中清醒過來的。」

「妳還記得妳是在哪裡清醒的嗎？」

一直以來，我們都找不到司馬焰。

她就像是蒸發一般，從設定密室的「時之館」中消失了蹤影。

依照這狀況判斷，「時之館」應該藏著不為人知的密室才對。

「我是在『過去之館』中醒來的。」

「『過去之館』的哪裡？」

「就是放著染血風衣的餐桌旁。」

「不是什麼密室嗎？」

「密室？」

看著司馬焰驚訝的表情，我明白我的推論再度落了空。

「也就是說應該是這樣的……」

小司馬焰迷昏司馬焰後，將其搬到了密室，然後又趁著我們剛剛全員在「未來之館」時，將她從密室搬了出來，放到了「過去之館」中嗎？

「我從『過去之館』醒來後，發現一個人都沒有，為了尋找大家，所以我來到了『現在之館』。」

「既然小焰妳剛剛在『現在之館』中，那妳有注意到什麼可疑人物嗎？」

「什麼樣的？」

「比方說……手拿著尖銳的鐵錐行走，然後將鐵錐刺進牆壁中的人。」

「啊哈哈，也太奇怪了吧，這是怎樣的人啊？」

是殺了妳哥哥的人。

但是總覺得她如此執著哥哥，我還是先不要跟她說司馬封的死訊好了。

「要是我有看到這樣的人，我想我一定會知道的，不過我剛剛並不在『現在之館』中。」

「咦？」

「我剛剛去『時之館』外探索了。」

司馬焰指著敞開的「時之館」大門說道：

「當我到『現在之館』後，我發現深鎖的大門不知為何打開了，於是我就順勢走到了外頭。」

在陌羽來到這邊後，這棟「時之館」就不再是密室了。

被關了這麼久，想要走出去看一下也是人之常情。

「不過，我在外頭卻發現了一件十分『異常』的事。」

司馬焰手指抵著下巴，一邊回憶一邊說道：

「莫大哥，我覺得這座『時之館』，說不定真有什麼不可思議的力量呢。」

「為何這麼說？」

「嗯……與其解釋那麼多，不如親眼看看吧。」

「不了，我現在沒那個心情——」

「GO！GO！」

不顧我的意願，司馬焰一把抓住我的後頸，就要拖著我往門外走。

「就說不要老是這麼突然了！還有——妳不用拖著我，我也會自己走的！」

❖　❖　❖

我和司馬焰踏出了「時之館」。

刺眼的中午陽光讓我幾乎要睜不開眼來。

雖然才在裡頭過了一天，但總覺得已經待了一個月這麼久。

輕涼的微風拂在臉上，我不禁閉上眼睛享受起來。

「好舒服呢……」

「時之館」內部很寬敞，但「被關起來」的事實一直壓在心上，還是不自覺地造成了不少壓力。

「人果然不能一直被關著呢。」

「所以犯罪的人才會以坐牢當作懲罰啊。」

司馬焰連連點頭說道：

「就是要用這種方式，來教育那些和哥哥一樣的人——你們連呼吸和我們一樣空氣的資格都沒有。」

「不，沒那麼極端，單純是為了讓那些人改邪歸正。」

「壞掉的東西不管怎麼修，都無法改變它曾壞掉的事實。」

司馬焰手撫著胸口，輕笑一聲說道：

「就像我一樣。」

「……」

「傷口修復後會留下疤痕，缺損補完後會留下補丁，就算表面上看起來跟新的一樣，他也是和原本不同的事物了。」

司馬焰的話，讓我想起了自己和愛莉莎。

就算表面上和正常人一般活著，但我們心中其實都有著誰也無法觸及的部分。

所以，我才這麼排斥陌羽知道十年前的真相吧。

我怕她變得和我一樣。

既然壞掉後就會變成完全不同的事物，那就乾脆讓她根本不知道自己曾經壞掉過吧。

「到了，莫大哥。」

在我思考這些無所謂的事情時，目的地到了。

當看到眼前的情景時，震驚的我一句話都說不出來。

「事情是這樣的。」

司馬焰不好意思地摸著後腦勺說道：

「我在外頭晃到有點膩了，心想差不多該回到『過去之館』。因為曾在那邊發現過哥哥的風衣，我想再仔細找找，看有沒有其他有關哥哥的線索。」

「所以……妳才做了這種事嗎？」

「是啊。」

我們的面前是位於西邊的「過去之館」，為了做出和「現在之館」的區別，它的外牆是由破舊的木板所建成。

而此時，本來沒有任何出入口的分館，牆壁上卻突然多了一個大洞。

「每次去『過去之館』和『未來之館』，都必須打開位於『現在之館』深處的木門，走一條既黑暗又深邃的通道才能抵達。」

指著眼前的大洞，司馬焰說道：

「覺得麻煩的我，心想乾脆從館外砸一個洞過去好了。」

「……確實很像妳會做的事。」

「是吧，我也這麼覺得！」

別一副得意的樣子，我並不是在稱讚妳。

「所以，我就藉著助跑的力道起跳，用正義英雄的雙腳飛踢，順利地把邪惡的牆壁給踢破了。」

別以為冠上形容詞就能合理化自己的行為，不管怎麼看，邪惡的一方都是妳。

「不過，妳是剛剛踢破牆壁的？」

「是啊。」

「嗯……？」

奇怪，剛剛在「未來之館」的我們怎麼沒聽到撞擊聲？

或許是因為隔得太遠，也或許是因為太沉浸在和未來司馬封的對談中吧。

「不過別太在意，莫大哥，還記得我剛剛的話嗎？」

司馬焰右手舉起來，對我豎起一根大拇指。

「壞掉的東西不管怎麼修，都無法改變它曾壞掉的事實，對吧？」

問題是，妳壓根就沒修啊！

❖ ❖ ❖

雖然這麼說有些奇怪。

但是每次跟司馬焰在一起，總是能稍微忘卻有關陌羽的煩惱。

或許是她那過於快速的步調，讓人根本無暇思考其他的事吧。

多虧了她，我暫時將剛剛的失落拋到了腦後。

「小焰，謝謝……」

「不客氣。」

司馬焰露出陽光般的笑容回道：

「雖然我不知道你為何要跟我道謝，但既然有人敢跟我道謝，那我當然是毫不畏懼的正面回應！」

「妳怎麼說得像是有人要找妳打架？」

我們一邊瞎扯，一邊從那個洞踏進已經不知來過多少次的「過去之館」。

「所以，特地找我到這邊的用意是什麼？」

「莫大哥，你仔細看一遍，你都不覺得有什麼不同嗎？」

「嗯……？」

破舊的木頭牆壁、積了灰塵的餐具，已經有了破洞的沙發。

這裡的家具和擺設，就和我之前看到的一模一樣。

「不對……」

我越看越感到違和。

總覺得少了什麼理所當然應該存在的事物。

「少了什麼呢？」

慢步行走不知不覺間變成了快走。

「沒有……」

到處都沒有。

等到我發覺時，我已經變成了疾奔。

「怎麼可能、這怎麼可能……」

——躺在地上，被斬斷左手而死的小克拉消失了。

——被綁在高處十字架上的小愛莉莎也消失了。

而且，並不是只有消失這麼簡單而已。

恍若被「時之館」吃掉，那些命案發生後，理應留下的血跡、毛髮、殘缺的肢體以及膠帶黏貼的痕跡，全部都消失得一乾二淨——就像是「過去之館」從未發生過命案一般。

「這……怎麼可能？」

過度詭譎的事態，讓我感到一陣暈眩。

就算是趁我們不注意時將屍體搬走，也不可能將跡證消除得如此徹底。

究竟是誰做的？為了什麼？又是怎麼辦到的？

「這座『時之館』……究竟是怎麼回事？」

「所以我才說，這個館說不定真有什麼不可解的神祕力量。」

「就算真是如此好了，那又為何演變成眼前這樣……什麼都沒有的狀況呢？」

「這只是我的猜測就是了。」

司馬焰眨了眨眼後說道：

「之所以會變成這樣，說不定是因為我們進去『過去之館』的方式不對。」

「進去的方式不對？」

「只能從『現在』通往『過去』或是『未來』，這本來就是正常的時間法則。」

司馬焰指著剛剛我們進來的破洞說道：

「我們剛剛跳過了『現在』，直接來到了『過去』，因為對『時之館』來說這是犯規的行為，所以才將真正的姿態隱藏起來。」

「妳這種說法，就好像這棟『時之館』是活的生物似的。」

「要不然還有其他解釋嗎？」

「…………」

照常理說，不管從哪邊進去，應該結果都會是一樣才對。

但是，我眼前的「過去之館」什麼都沒有，就像是至今為止什麼事都不曾發生過。

至今為止，「時之館」已經發生許多不可解的事。

若是真的會因為進去的入口不同而有所改變，或許就能證明這個館真的具備不可思議的力量。

那麼——或是真的有可能穿越時空吧。

對此，我稍稍有了一些期待。

「小焰，我們去『過去之館』吧。」

「我們現在不就在『過去之館』嗎？」

「不。」

我搖了搖頭說道：

「這次，我們透過『過去通道』進去。」

❖ ❖ ❖

當我和司馬焰走進「現在之館」的那刻——

——喀答。

背後的大門突然關上了。

「咦？」

我趕緊回頭拉著門的把手，卻發現不管多用力都拉不動。

「我們……再度被關在了『時之館』？」

當意識到這個事實的瞬間，另一個異變發生了。

明明日正當中，但整個「現在之館」突然暗了下來，伸手不見五指。

「嗚哇～～莫大哥，你在哪裡～～」

右側傳來了司馬焰的聲音，我轉頭看向聲音的方向，卻發現連站在身旁的她都只能看到依稀的輪廓。

為了不和她走丟，我伸出手想要牽住她的手，卻抓了個空。

「這裡——我在這裡。」

司馬焰繞了一小圈到我的左側，好不容易才抓住了我的手。

順利牽手後，我因為突變狀況而紊亂的心稍稍平復了些。

「為何會發生這種彷彿停電一般的狀況？」

「會不會是我們擅自打破了牆壁，所以『時之館』生氣了？」

「別說這麼恐怖的事啊。」

而且若真是這樣，也應該只對妳一人發怒吧。

「不過依照常理來說，黑暗應該是為了隱匿什麼東西而存在的。」

司馬焰不經意的說出了關鍵之處。

「會不會是『盲』為了藏起什麼，所以才把『時之館』變暗的呢？」

「藏起什麼……？」

藏起在「現在之館」的什麼？

「對了！」

我腦海浮現了司馬封的命案。

他被牆上刺出的鐵錐貫穿心臟，輕易地喪失了性命。

從地理位置來看，能做到此事的地點，應該是「現在之館」。

突然變暗，說不定是因為凶手不小心在「現在之館」中，留下了有關此案的線索。

我從懷中掏出手機。

「小焰，不好意思，去『過去之館』的事先暫緩一下。」

雖然通訊功能被「時之館」裡頭的通訊干擾器封鎖了，但是照明功能依舊可以使用。

「我現在要將『現在之館』的牆壁探查一遍。」

「可是，『現在之館』這麼大，而且又這麼暗……」

「沒問題的，因為我探索的目標只有一個。」

刺穿司馬封的鐵錐，位於胸口的位置。

司馬封只比我高上少許，所以只要探詢位於我胸口高度的牆壁就行了。

我一邊用右手摸著牆壁，一邊用手機照著前方行進。

「原來如此，跟走迷宮是一樣的要領呢。」

不管再複雜的迷宮，只要摸著牆壁走，遲早都會走到出口。

同樣的道理，只要這樣摸過一圈，那我必定會將整個「現在之館」摸過一輪。

十分鐘後──

「怎麼會……？」

什麼都沒有。

所有的牆壁都光滑明亮，毫無缺損。

「再來一次……」

不死心的我再度繞了一圈，這次摸得更仔細了點。

結果在二十分鐘後，同樣的結論依舊擺在了我面前。

這裡的牆壁，一個缺口都沒有。

「如果真的是如此……」

一股寒意爬上我的背。

「那不就表示，根本沒有凶手從『現在之館』行凶嗎？」

若是沒有凶手。

那麼──

司馬封究竟是怎麼死的？

❖　❖　❖

謎團越來越多。

我必須先整理一下現在的狀況。

已解決的命案就丟到一旁，例如克拉和愛莉莎的案件。

現存的疑點如下：

一、不知為何，「過去之人」必須以綁到高處的麻煩方式，殺掉大小愛莉莎。

二、殺死司馬封的凶手、動機不明。

三、沒有任何人持鐵錐從「現在之館」刺殺司馬封，但司馬封還是死了。

四、從外頭直接進去「過去之館」，會發現所有和屍體有關的線索都消失了。

五、不知道「盲」是誰，也不知道他究竟躲在哪兒。

「不行……」

總覺得這些疑點似乎隱隱有著關聯，但我不管怎麼想都理不出個頭緒來。

真要說的話，用科幻的方式解釋，說不定還好些。

例如這個時之館其實是生物，其實有自己的意志，甚至會吃屍體之類的。

「莫大哥？」

在我身旁的司馬焰喚了我一聲，打斷了我的思考。

「你還好嗎？怎麼從剛剛開始就一言不發？」

「我沒事。」

我試著給她一個笑容，讓她安心。

為了前往「過去之館」，我和司馬焰正走在「過去通道」中。

雖然「現在之館」一片黑暗，但這個通道卻沒有變，還有一些微弱的光芒。

「莫大哥。」

我們兩個默默地走了一會兒後，司馬焰突然地開啟了話題。

「我好像沒跟你說過，我為何如此恨哥哥吧？」

「雖然沒聽妳說過……」

「但是已經聽哥哥說過大略的狀況了，對吧？」

「嗯，抱歉。」

「這也不是什麼需要抱歉的事，那麼，你瞭解到怎樣的程度呢？」

在不知幾年前，司馬封放跑的犯人找到了他所住的家，將他和司馬焰的家人屠殺殆盡，司馬焰則因為運氣好而逃過一劫。

「才不是運氣好呢。」

司馬焰揮了揮手，笑著說道：

「之所以能活下來，是因為我親手將犯人給殺了。」

「……」

「那年，我只有五歲。」

司馬焰的語氣很開朗，就像是在說什麼笑話一般。

「後來因為正當防衛和未成年之類的因素，我被判了無罪。從那之後，我每晚都作著當天的惡夢：凶惡的犯人襲擊過來，看到家人屍體而發狂的我拿起菜刀，就這樣插進他的腦袋中——」

雖然她說得輕描淡寫，但反而因為如此，更加讓我感受到當時的情景是多麼驚心動魄。

「在那之後一年，我就像是壞掉一般，待在家中一句話都不說。」

「這個悲劇並不是妳的錯，小焰。」

「我也明白。」

黑暗中，司馬焰輕輕一笑道：

「但就算明白此事，對事態也是一點幫助都沒有。」

「嗯……」

明明理智上知道自己不過是被害人，但仍會在之後的日子，接受惡夢和罪惡感的懲罰。

我之所以明白此事，是因為我也是如此。

不知有多少個夜晚，那段被綁架的過往都在夢中糾纏著我。

「不管怎麼努力，不管看了多少心理醫生都沒用。這股痛苦怎麼樣都無法消解，我就這樣沉入越來越深的黑暗中，甚至想過要找個沒人的地方，就這樣了結自己的性命。」

聽著司馬焰的心聲，我甚至有種自己在說話的錯覺。

我之所以會對她有好感，或許是因為我察覺了她心底的這道傷痕。

我想，我們都是同一類人。

「就在事態即將無可挽回時，我的哥哥向我這麼說了──『來恨我吧』。」
「……他這麼說啊。」
「是的，他要我盡情恨他，將所有錯都推到他身上。」
司馬焰緩緩說出了司馬封那時對她所說的話。
──恨我吧。
──是我的錯，才害得爸媽和妳的心死掉。
──所以恨我吧，恨到想殺了我吧。
──從現在開始，我會從妳身旁逃跑。
──在之後的日子，有本事就傾注妳的狠意，想盡辦法將我殺了吧。
雖然沒有親眼見到，但隨著司馬焰的述說，我眼前彷彿浮現了他咬著菸說這話的身影。
「真是個愛耍帥的人。」
之前跟我談到這段過往時，他根本就把這最重要的部分隱瞞了嘛。
「從那天起，哥哥就從我眼前消失了。」
司馬焰笑著說道：
「說來也奇怪，變得孤身一人的我，突然有了繼續活下去的動力。」
「我算是明白妳為何會有這種座右銘了。」
「是啊。」
司馬焰將右手併成手刀，放在額側敬了個禮說道：

「愛就要將自己的一切奉上，恨就要傾盡一輩子不原諒對方。」

「那麼，若是妳真的遇到了司馬封——」

「我一定會將他殺了，畢竟我一直是朝著目標而活的。」

這對兄妹的狀況錯綜複雜。

他們之間難以以恨或是愛之類的詞彙來形容。

真要說的話，我覺得最適當的形容詞應該是——

「獻身般地對待對方……是嗎？」

「或許真是如此。」

聽到我這麼說，司馬焰露出笑容說道：

「自他跟我說了這麼多話後，我為了做好殺他的準備，離開家中數年。」

「難怪司馬封說妳失蹤了一小段時間。」

「因為入學得晚，所以我不算是真正的女高中生喔，失望了嗎？莫大哥。」

「不，倒也不至於為了這種事難過。」

「我一直以為莫大哥就是喜歡十六歲的未成年女孩，原來誤會了嗎？」

「這很明顯是誤會。」

「也是，你看起來應該喜歡比你年紀大的，例如生過一個孩子的媽媽那種。」

「我想這誤會是更加大了。」

而且總覺得妳舉的例子似乎都在暗指某些人。

「真是的……」

我在司馬焰無法察覺的狀況下，輕輕嘆了口氣。

司馬焰如此重視的司馬封，其實已經死了。

就在我和陌羽面前，被從牆壁刺出的鐵錐刺死。

究竟是誰將他殺了呢？

從殺人方式看，犯人應該是那時在「現在之館」的人。

而這樣看來，只有眼前的司馬焰還有剩下的「過去之人」有可能做到。

但是，「現在之館」的所有牆壁都是完好的，沒有任何行凶的痕跡。

凶手到底是怎麼殺掉司馬封的？

「小焰，我問妳喔。」

「嗯？」

「若是妳的哥哥已經死了，那妳接著該怎麼辦呢？」

這道問題，某方面來說也是為我而問。

已經從陌羽身邊離開的我，接著該何去何從呢？

「既然恨的部分已解決，那剩下的大概就是愛了吧。」

司馬焰突然轉過頭來對我笑道：

「莫大哥，我挺喜歡你的，若是你可以接受的話，我接著說不定會為你而活。」

快速的直球，完全不給人閃躲的空間。

「我會為了你而獻上一切。」

「……」

「那麼，你的回覆是什麼呢？」

沒有任何曖機的過程。

這個告白就跟她的性格一樣，直接從零到了一百。

「這個嘛……」

莫向陽──不要面對太陽。

要是繼續抱持著這個名字，我想我是無法跟司馬焰在一起的。

那麼，或許是時候拋棄這個名字了。

「我會考慮的。」

我向司馬焰這麼回答：

「等到我們從『時之館』出去後，我會給妳答案的。」

「嗯。」

司馬焰點了點頭，露出燦爛的笑容說道：

「我會等你的，莫大哥。」

❖ ❖ ❖

「果然啊……」

雖然早就隱隱約約料到會是如此，但是等我和司馬焰抵達「過去之館」時，這裡的情況和我們之前看到的一模一樣。

──躺在地上的小克拉屍體。

——被綁在十字架上的小愛莉莎屍體。

就像是從地獄復甦，本來消失的屍體再度出現。

而且還不只如此，我們的面前，出現了一個「過去之人」。

「小司馬焰……」

「是的。」

就像是已等待我們許久，她擺了一個歡迎的手勢。

「我已經等待兩位許久了。」

「妳想做什麼？」

我伸手將司馬焰拉到我身後。

依照陌羽的推理，這些「過去之人」就是殺害大小愛莉莎的凶手，不能因為她是小女孩就掉以輕心。

「放心吧。」

可能是知道我們在戒備她吧，小司馬焰面無表情地說道：

「我並不打算對你做什麼。」

「那妳為何要在這邊等我們？」

「因為我的主人——『盲』，有話託我轉告你們。」

「什麼話？」

「在此之前，先看看這個吧。」

小司馬焰稍稍退開，本來被她擋著的景象出現在我們面前。

「這是……怎麼回事？」

我身旁的司馬焰，不可置信地問道：

「吶，莫大哥，這是怎麼回事啊！」

只見餐桌旁，一個青年被刺出的鐵錐吊在牆上。

小司馬封的死狀，就跟司馬封一模一樣。

面對司馬焰的不斷質問，我深深嘆了口氣，搖了搖頭。

「該不會、該不會哥哥他已經——」

似乎是受到了打擊，失去力氣的司馬焰跌坐在地。

「『時之館』的『法則』是絕對的。」

眼睛中什麼光芒都沒有的小司馬焰，站在我們面前說道：

「過去之人死，則現在之人死，接著，未來之人現身。」

她的樣子，完全不像是個六歲的孩子。

我意識到了，這就是「盲」想要傳達給我們的話語。

「莫向陽，我要告訴你一件事。」

小司馬焰指著東邊說道：

「小莫向陽現在在『未來之館』，和陌羽待在一起，你應該知道這件事意味著什麼。」

「——！」

「他正在和陌羽述說十年前的一切。」

——砰！

一聲轟然巨響！

我本以為這是自己因為過度震驚而心崩坍的聲音，但其實不是。

整棟「時之館」開始搖晃，就像是在經歷一場大地震！

「不可以這樣！」

我趕緊衝去「過去通道」，想要用最快速度衝到「未來之館」！

「你們不可以這麼做！」

但是，通往「過去通道」的大門和「時之館」的大門一樣，不知何時緊緊關了起來。

「『現在之館』在剛剛的爆炸後，應該滿是大火了吧。」

小司馬焰指著緊閉的木門說道：

「要是再不快點過去，那火勢就會蔓延到其他兩個館囉。」

「你們到底想做什麼！」

將我和陌羽徹底隔開，你們到底想做什麼！

「這不是很適合你們嗎？」

小司馬焰露出完全不像是小孩的笑容說道：

「一個總是被過去困住，一個卻想邁向未來。」

「……」

「完全無交集的兩條平行線，被滿目瘡痍的現在給徹底分開。」

「『盲』……」

雖然知道面前的小司馬焰並不是他，但我仍這麼問道：

「你的目的是什麼？」

「我的目的，你之後就會明白了。」

他如我所想的回答我了。

想必從進館的那刻，他就一直在某處監視我們，聽著我們的對談。

「你錯了。」

彷彿看穿了我在想什麼，眼前的小司馬焰搖了搖頭說道：

「雖然這之中參雜些許謊言，但這是比你想像中還公平的舞臺。」

隨著小司馬焰稚氣的聲音，我感到整棟時之館的溫度開始不斷向上攀升。

「『時之館』中，並沒有你認為的密室，而我也一直都在館內。」

沒有密室？

那為何司馬焰會消失？

不對，若是打從一開始「盲」就在館內，那不就表示他一直扮成某人，待在我們身邊嗎？

「嗯……？」

我突然意識到了不對勁。

隨著越來越多人死去，現在在「時之館」的人已不多了。

除了兩位「過去之人」，就只剩下──

「我、陌羽和司馬焰。」

我和陌羽，理所當然的不是「盲」。

難道說，「盲」其實就是——

「要是不想被燒死在這邊的話，就盡力掙扎吧。」

小司馬焰掩嘴輕笑道：

「我會在這個『時之館』中，好好見證各位的努力的。」

「不管怎麼努力都沒用吧！」

就算不提「現在之館」的大火，所有的路都被封死了。

「只要找出我就好。」

「找出……你？」

「只要用『盲』的ＩＤ卡，就能打開緊閉的門，不管是通道的門還是『時之館』的大門都是。」

小司馬焰拿出自己的ＩＤ卡晃了晃說道：

「但是，只要用了錯誤的ＩＤ卡，埋在『時之館』的炸彈就會啟動，將所有人全數炸死。」

節節攀升的高溫。

逐漸透過縫隙襲來的濃煙。

太多緊急狀況同時發生，讓我的腦袋幾乎要停止運轉。

但是，異變並沒就此停止。

——啪唰。

失魂落魄的司馬焰可能是無力支撐，她身上披著的染血風衣從身上滑落。

「小焰，妳的左手……」

此時我才發現，她的左手空空如也。

因為一直被寬大的風衣遮住，所以我並沒有發現她的左手已齊肘而斷。

——就跟克拉和愛莉莎一樣。

「歡喜吧，雀躍吧。」

彷彿時光倒流，小司馬焰說出了我在進來「時之館」前聽過的歡迎詞。

「你們是何其幸運，可以來到我精心策劃的時之館！

「只要掌握過去，就能前往現在。

「只要站在當下，就能邁向未來。

「線索已齊聚，舞臺已完備。

「解開所有謎團，找出我在哪兒吧，莫向陽。」

露出彷彿「盲」的笑容，小司馬焰緩緩說道：

「機會只有一次——」

「你，看到盲點在哪裡了嗎？」

終章　一直在身邊的「盲」

「咳、咳……」
從牆壁處冒出的黑煙，讓我不斷咳嗽。
要是不快點打開通往「過去通道」的門，從「現在之館」的大門出去，那麼所有人就全都要死在這邊了。
「妳難道就這樣甘願被活活燒死嗎！」
我抓著小司馬焰的雙肩，不斷搖晃她的身體問道：
「快告訴我出去的方式！」
「只要找到我的主人——『盲』，你們就能打開門。」
「那麼，告訴我他是誰！」
小司馬焰搖了搖頭。
不管我怎麼追問，她都閉口不言。
——嘰。
此時，我的頭頂處傳來了異響，就像是有什麼東西正在崩解。

我心急如焚。

我必須阻止小莫向陽。

我必須想辦法打開緊閉的門。

我必須想辦法趕到陌羽身邊啊！

「莫大哥……」

此時，坐在地上，一直以來狀況都不太對勁的司馬焰突然開了口。

「我突然想起了一事……」

「先別管這個了！妳的手還好嗎？」

我跑到她身邊，察看她的手臂傷口。

雖然斷面處還在淌血，但是有經過適當的包紮，短時間內應該不會喪命。

但要是再繼續拖下去，說不定會因為感染而發炎或是腐壞。

「我得快些帶妳去醫院才行！」

「不，你好好聽我說，莫大哥。」

雙眼空洞無比的司馬焰，就像是夢囈一般緩緩說道：

「我終於發現了……」

「我，說不定就是『盲』。」

「妳到底在說什麼……小焰。」

我趕緊出言安慰道：

「妳是因為司馬封死掉，一時之間打擊太大，才會這樣胡思亂想——」

「不，若是這樣解釋的話，很多事都說得通了，你明明就是最清楚此事的人。」

雖然想馬上出言否定，但不知為何我一句話都說不出來。

——司馬焰不自然的全程消失。

殺死司馬封的人，位於「未來之館」外的地方，但那時只有行蹤成謎的司馬焰不在「未來之館」內。

以及，最重要的——

「你剛剛也聽到了吧，『盲』說的話。」

——**「『時之館』中，並沒有你認為的密室，而我也一直都在館內。」**

「你跟陌姊不可能是『盲』，那唯一有可能的人選就是我了。」

「不，不是還有兩個『過去之人』嗎？」

「即使化妝技術再高明，也難以變成六歲的幼童，所以小司馬焰並不是『盲』。」

「還有小莫向陽啊！」

「他也不是的。」

「為什麼！」

他不過是個十六歲的青年，若是他就是「盲」，也是有可能的。

「因為此時他並不在『過去之館』。」

司馬焰指著地板說道：

「若他真的是『盲』，你根本取不到他的ＩＤ卡。」

「說不定『盲』就是想如此，他想設計一個無解的局殺死我們啊！」

「他不是這樣的人，莫大哥應該了解的。」

不管是平樂園還是闕梅學院的詭計，他都留了活路給我們。

他的目的，一直都不是殺人。

他享受設計命案的感覺，喜歡看人在其中的掙扎。

「現在和你同在一個館的，只有一個人——那就是司馬焰。」

在最後的舞臺上，擺在我面前的是再簡單不過的案子。

——那就是嫌疑犯只有一個人的案件。

「凶手就是我。」

或許是已經接受了這一切，司馬焰露出一如既往的陽光笑容說道：

「我就是命案設計師、設計『時之館』的人，也是哥哥一直追查的——『盲』。」

若是只有一個人有嫌疑，那麼犯人就必定是她。

不管任何人都能破案，甚至輪不到殺人偵探出馬。

「……若妳真是『盲』，那妳為何要跟我說這些。」

將自己曝晒在危險中，而且做出這種彷彿自白的行為。

「而且，『盲』又怎麼會砍掉自己的左手？」

「因為要誤導你，讓你認為我也是『盲』的受害者。」

「……」

「你剛剛不就因為我『像是被害人』而同情我了嗎？」

——砰！

一道著火的橫梁掉了下來。

我抬頭一看，「過去之館」的天花板已開始燒了起來。

就像身處烤箱之中，我感到自己的身體就像要被烤熟一般滾燙。

「那妳為何會說自己曾看過『盲』？」

在闕梅學院和在時之館時，妳不是都說過類似的話嗎？

「妳不是都說過，妳看到了和自己長得一模一樣的人？」

「因為，『盲』想要藉這種說詞誘導你的認知。」

「所以我說很奇怪啊！」

著急的我，聲音不禁大了起來！

「若妳真的是『盲』，妳為何要將妳這麼做的理由跟我說？」

「你還不明白嗎？莫大哥。」

司馬焰閉上雙眼，緩緩說道：

「連我自己都沒有發現自己是『盲』。」

「連妳自己……都沒發現？」

「我大概——」

「——有『雙重人格』。」

「……」

驚訝無比的我，腦中浮現了之前的對話。

——「我從未看過『盲』和司馬焰同時出現的情景。」

「而且，『盲』是主人格，而司馬焰不過是副人格而已。」

——「或許她有著什麼逼不得已的原因，『必須扮成司馬焰』。」

「可是……我不曾聽妳說過記憶缺失的狀況啊。」

妳的表現，也沒有任何雙重人格的感覺。

「雙重人格有分很多類型，我大概是最為單方面的類型，不管是記憶還是身體的支配權，都由『盲』所完全掌握，而我則完全無法干涉他。」

司馬焰看著自己的手說道：

「所以，當我替換成他後，他也會用虛假的記憶，填滿我沉睡的這段空白。」

「怎麼會……」

這確實是最為合理的解釋，可以符合至今為止的所有狀況。

司馬封臨死前的話，突然在此時浮現——

——**「『盲』……可能不只一人……」**

「原來……是這個意思嗎？」

——**「許多的『盲』合力製造了盲點……讓真正的『盲』躲在裡頭……」**

「所以當陌羽問他誰是『盲』時，他只能搖頭不回應。」

他所發現的事實，無法讓他直接說出「凶手就是司馬焰」這句話。

「因為……『盲』既是司馬焰，也不是司馬焰。」

被她善於化妝的認知所誤導，於是導致了盲點的誕生。

其實從頭到尾——她都沒有化妝待在我們身邊啊！

——砰！

又是一根著火的梁柱掉了下來！

不知不覺間，我們已經被大火給包圍了。

「那麼——證據呢？」

我緊握雙拳說道：

「剛剛說的全都是推測，妳是『盲』的證據呢！」

「這就是證據。」

司馬焰從懷中掏出ＩＤ卡，遞到了我的手上。

「對著『過去通道』的門試一下吧，莫大哥。」

如果她是「盲」，那麼那道門就會打開。

如果她不是「盲」，則所有人都會死在這邊。

我該怎麼做？

雖然ＩＤ卡很輕，但是拿著它，我就像是提著千斤重的事物一般開始顫抖起來。

「莫大哥，不要怕。」

司馬焰用僅存的右手緩緩包裹住了我的雙手。

「如果什麼都不做，大家依然會全都死在這邊，那麼，不如冒險一回吧？」

她拉著我，將我帶到了緊閉的「過去通道」門前。

「讓我把我過多的勇氣分給你。」

喉嚨很乾渴。

身上的汗在流出的瞬間就被蒸發。

過高的溫度將頭髮末梢烤得捲了起來。

已經沒有時間了。

「莫大哥，你可以的。」

露出不亞於周遭大火的溫暖笑容，司馬焰對我說道：

「仔細思考一下，你現在想做什麼？」

「我想、我想——」

「在最後一刻，你的腦中都是什麼？」

——「雖然嘴上說著不想傷害你，但只有我什麼努力都不做，這樣是行不通的。」

陌羽的聲音突然在腦中響了起來。

——「我決定不再拒絕你。」

就像是炸彈引爆，越來越多陌羽在我腦中出現。

——「嘴上說著要改變關係，但我對『莫向陽』這人一無所知。

——「我向你說一句我的事，而你也回我一句，好嗎？

——「我一定要找到能保護你的方法，一定要……

——「因為她們全部人加起來，都比不上一個莫向陽重要！」

「陌羽……」

我的腦中，全都是陌羽。

拿著ＩＤ卡的手，擺在了門前！

直到最後一刻，我才知道「莫向陽」一直以來渴求的是什麼！
「我想救陌羽！」
我想保護她，想要讓她不受任何傷害。
「我想拯救陌羽啊———！」
「那就上吧！」
司馬焰大聲為我助成。
「上吧——！莫大哥———！」
「喝啊啊啊啊啊啊啊———！」
我一邊大喊，一邊將ＩＤ卡放在門上。
——嗶！
門發出輕響，「啪」的一聲打開。
看著敞開的大門，我和司馬焰同時陷入沉默。
「看來，我的推測果然沒錯呢。」
司馬焰輕輕嘆了一口氣。
「我就是『盲』。」
「小焰……」
「照這樣推測，殺死小司馬封和哥哥的人，大概也是我。」
大火在我們說話的時候，已經燒到了我們的身後。
「快過來，小焰！」

可能是因為有門阻隔的關係，「過去通道」中十分陰涼，尚未被大火侵蝕。

「不了，莫大哥，既然知道自己是『盲』，那我就不能跟你在一起了。」

——砰！

司馬焰推了我一下！

因為沒有預料到，我重重地摔在地上。

司馬焰將面前的門緩緩關上。

「等一下！小焰！」

「愛就要將自己的一切奉上，恨就要傾盡一輩子不原諒對方。」

司馬焰倚著即將關起的門笑道：

「至少我親手殺了哥哥，此生已無悔。」

「我說等一下啊！小焰！」

「再見了，莫大哥。」

司馬焰俏皮的向我吐了吐舌頭。

「可惜……沒聽到告白的答覆呢。」

門完全的關上了。

不管我怎麼敲門，門都沒有打開！

大小司馬焰就這樣被留在了無盡的大火中。

這一生中，司馬焰不斷地快速奔跑。

但是最後一刻，她選擇了停下腳步。

跟著如她名字一般的熊熊大火一塊燃燒。

❖　❖　❖

我連為司馬焰難過的空閒都沒有，就這樣跑了起來。

跑完「過去通道」後，我來到了通往「現在之館」的木門前，這裡依然是鎖著的。

用了司馬焰的ＩＤ卡，木門發出「嗶」的一聲後打開來。

推開木門後，我馬上往出口處看了一眼。

可能是「盲」特地設計好的，也或許是在地板的建材上動了手腳。

雖然到處都是火苗，但是從我所站之處到「時之館」出口的這條路，火焰完全燒不過去。

就像留下了一條由火焰牆構成的康莊大道，供逃生的人行走。

「必須快點才行……」

這條火焰之路不知道能撐多久。

要是拖得再久一點，說不定火焰就會蔓延過來，將這條路掩埋。

於是，我打開通往「未來之館」的木門，往「未來之館」跑了過去。

「未來通道」中，也跟「過去通道」一樣，沒被任何火焰侵擾。

還來得及。

還來得及拯救陌羽。

本來想要一走了之，但果然我還是做不到。

莫向陽這名字，是陌雪給的——是為陌羽而存在的。

為了保護她，我願意選擇離開她。

但是當知道她生命有危險時，不管在哪裡，我都會趕到她的身邊！

「到了！」

眼前就是緊閉的「未來之館」，我用司馬焰的ＩＤ卡解鎖後，迅速打開了門——

——唰！

一道銀光閃過！我的瀏海被這道斬擊削斷了幾根。

要不是我後退得快，我的頭就要被斬下來了。

「陌羽……」

站在我面前的，是雙眼被赤紅塗滿的陌羽，手中拿著染血的陌雪之刀。

她的腳下，則倒著渾身鮮血的小莫向陽。

「妳已經進入『狀態』了，是嗎？」

此時我看到了，我打開的木門上滿是刀痕。

我不知道陌羽為何會進入「狀態」。

或許是小莫向陽襲擊她，逼得她必須自衛。

或許是十年前的真相打擊太大，讓她無法控制自己。

或許是她想跑來救我，所以對著木門燃起了殺意，想要將其砍破。

也或許是——上面這些因素，全數都造成了她進入「狀態」的原因。

「莫……」

就像是在壓抑什麼，陌羽一邊顫抖一邊吐出了我的名字。

「莫向陽……」

她的雙眼，比十年前的陌雪還要紅。

本來「時之館」這個充滿死亡的環境，就讓陌羽瀕臨極限了。

而這些誘發殺意的因素不斷疊加上去，就像是在裝滿水的水桶中不斷添水。

我想，這是她沉浸在「狀態」中最深的一次。

「原來如此……」

這就是「盲」真正的目的。

一切都是為了誘使陌羽變成如此狀態，將狀況推到無可挽回的地步。

「『時之館』確實有著不可思議的力量。」

此情此景，就像是十年前的重演。

莫向陽，再度面對了拿著刀的殺人鬼。

「感謝『時之館』，感謝『盲』。」

──「你們心中的遺憾、不滿、祈願，都能在此實現！」

十年前，面對生命的最後一刻，我選擇了自己。

但是，我卻突然有了重來的機會。

「陌羽。」

我衝了過去！

——**「你是否有渴望否定的過去？」**

——**「你是否有想要觀測的未來？」**

——**「你是否有想要逃離的現在？」**

有，我全都有。

所以——

我再也不想逃了！

衝到陌羽面前的我，緊緊擁住了她。

「…………」

眼中彷彿要滴出血的陌羽，緩緩舉起了刀。

可愛侵略性——愛得越深，殺意越濃。

我知道的，我現在所做的行為，完全就是火上加油的舉動，但是沒關係。

「即使妳殺了我也無所謂。」

因為，這表示妳很重視我。

妳將我視為愛著的對象。

——莫向陽，不要面向太陽。

「所以，我再也不會離開身在黑暗中的妳。」

刀尖觸及到了我的背。

我想，我大概要死了吧，就跟地上的小莫向陽一樣。

——所謂的男人啊，就是不管多後悔和捨不得，都會在最後露出笑容的生物啊！

所以，我笑了。

就像司馬封說的，我在最後的最後露出了笑容。

「我一定會救妳出去的！」

——砰！

身後傳來崩坍的聲音！

回到「現在之館」的路，被掉下來的著火建材擋住，再也無法通行。

「我一直希望，妳能像個普通女孩一般愛上他人。」

但是，我沒有成功。

不如說大大的失敗。

「因為——

「在完成這個目標前，我就先愛上了妳。」

聽到我這麼說，陌羽的雙眼因為驚訝而睜大。

就在這瞬間——

頭頂上著火的梁柱落了下來，砸到了我們的頭上。

❖ ❖ ❖

背部似乎被燒傷了，視野也少了一半。

右半邊的畫面全是黑的。

我的右眼中似乎插著一塊著火的木片。

好在傷口沒深到腦袋中，我的行動沒有任何困難。

因為大火阻礙的關係，我已無法回到「未來通道」中。

從「現在之館」的大門逃出去的方案，似乎已變得天方夜譚。

但是，不肯放棄的我依然抱著陌羽往前行進。

懷中的陌羽不知為何失去意識了。

我應該有用身體護住她才對，或許還是不小心讓她受到了些許衝擊吧？

對此，我不由得有些歉疚。

在漫天的大火中，我持續走著。

很快地，我就來到我心中的目的地。

「司馬封……」

我來到了司馬封的屍體前。

這起案子，還是有著未解的部分。

司馬焰——「盲」說是她殺了司馬封的。

這應該是事實沒錯，但她是怎麼做到的？

「現在之館」中的牆壁，並沒有任何毀壞的痕跡。

「也就是說，並不是從『現在之館』刺出鐵錐的。」

那麼，刺出鐵錐的地方，就僅剩一個地方有可能了。

那就是「過去之館」。

致命的鐵錐，從「過去」直接刺到了「未來」。

「但若是如此，我在『現在之館』應該也會看到些許端倪才對。」

不管是到「過去」還是「未來」，都必須經過「現在」。

所以就算再黑暗，我應該也會察覺到一根細長的鐵錐，橫在「現在之館」的半空中，從「過去」刺向「未來」才對。

但實際上我根本沒看到如此的狀況。

「難怪『盲』要給我們ＩＤ卡。」

在ＩＤ卡的背後，畫著「時之館」的平面圖。

這個平面圖，誘導了我們對「時之館」的第一印象。

「不過這個平面圖，其實不盡正確。」

當我站在外頭時，我看到「時之館」分成了三個館——「過去之館」、「現在之館」、「未來之館」。

確實，這三個館是存在的。

但是，這三個館和我們認知上的三個館，其實無法畫上等號。

「抱歉，司馬封。」

我先是道歉一聲後，將司馬封的屍體從鐵錐上拔了下來。

輕輕地將懷中的陌羽放在地上，我向後退了幾步，拉開了助跑距離。

「喝啊——！」

模仿司馬焰，我對著玻璃牆壁使出了飛踢。

——砰！

被火烤過又被鐵錐刺穿的牆壁在被我一踢後，轟然破碎。

「果然啊……」

當牆壁倒塌後，顯現在我面前的並不是理應在旁邊的「現在之館」。

——而是「過去之館」。

「難怪我和司馬焰從外頭的破洞進去後，屍體會消失。」

我們認知中的三個館，其實——

——全數位於「現在之館」內部。

「真正的『過去之館』和『未來之館』雖存在，但我們從沒進去過。」

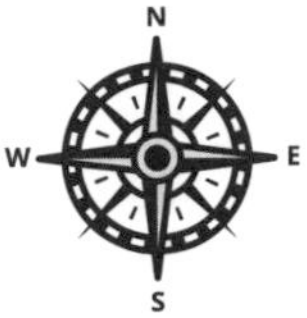
N
W
E
S

時之館平面圖（真）

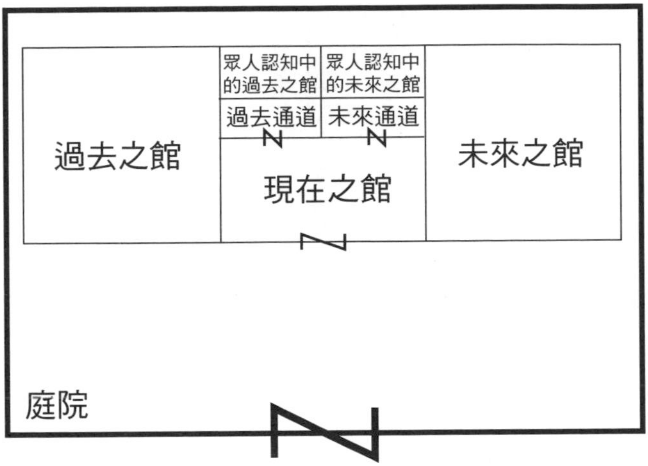
眾人認知中的過去之館
眾人認知中的未來之館
過去通道
未來通道
過去之館
現在之館
未來之館
庭院

難怪「過去通道」和「未來通道」要設計得如此黑暗和曲折，因為「盲」想藉著這個長長的通道，讓我們誤以為是往分館前進。

但其實我們自始至終，都只是在「現在之館」內部的三個館繞圈子而已。

「『盲』真的是心理分析的天才。」

雖然是敵人，但我依然忍不住對她表達敬佩之意。

——**「只要掌握過去，就能前往現在。只要站在當下，就能邁向未來。」**

「從進館前的宣言，他就在誘導我們。」

不只如此，那些位於不同時間軸的家具和擺設——甚至是這三個館的命名，都是為了誤導我們而存在的。

因為人類的第一印象，會覺得「過去」、「現在」、「未來」位於不同的三個地方。

「為了加強這部分的認知，她甚至不惜犧牲六個人。」

——**「過去之人死，則現在之人死，接著，未來之人現身。」**

「即使不擇手段也要強化『法則』，其實目的意外單純。」

——就是不要讓我們察覺這三個館，其實位於同一處。

「這就是——『時之館』一直隱藏的祕密。」

其實，要不是被這麼多「盲」所設下的心理詭計迷惑，我們應該更早察覺真相的。

從第一件小克拉的命案開始，其實就有很明顯的不自然之處。

「那個不對勁的地方，就是——」

在「現在之館」的我和愛莉莎，怎麼可能將「過去之館」的慘叫聲聽得如此清楚呢？

若是這三個館真的如我們在外頭看到的——分別立於中間和東西兩側，慘叫聲應該是模糊而非清晰。

第二件小愛莉莎事件，其實也是一樣的狀況。

在「未來之館」的我們，其實根本就不可能聽到「過去之館」的慘叫吧？

因為那可是足足有兩個館的距離啊。

「謝謝你們……司馬封和愛莉莎。」

你們的性命並非白白犧牲。

多虧了你們留下的疑點，我才能找到這條生路。

抱著陌羽，我從打破的洞來到了我一直逃避的「過去」。

❖　❖　❖

火焰幾乎要蓋住整個「過去之館」。

不知道是不是「盲」料到了我會從這個洞逃過來，就在我抵達的瞬間，天空突然降下了大量的水。

彷彿十年前的雨夜降臨，一條路被清了出來。

趁此良機，我趕緊跑往「過去通道」。

在奔跑的路上，我不斷尋找著司馬焰的身影，結果我在一片大火中，看到了兩具被燒得面目全非的屍體。

最終，時之館的詛咒還是全數應驗在所有人身上了。

不管「過去之人」是怎麼死的，「現在之人」就會以一樣的方式死去。

我突然想起了小莫向陽。

他看起來像是被陌羽砍死的。

或許這樣子的死亡，最後也會降臨在我身上。

「不過，現在不是思考這些事的時候了。」

我將陌羽緊緊抱在懷中，不讓她受到火苗和黑煙的侵害。

「嗚……」

眼前的景象開始扭曲，我險些跌倒。

高溫和濃煙。

一日未進食的虛弱身體。

從右眼貫穿進來，彷彿刺進腦袋深處的痛楚。

各式各樣的痛苦壓在我身上，讓我幾乎要失去意識。

「還差一點……」

模糊的視線中，我看到了過去通道的入口。

「就差一點了。」

不斷有著火的散落物砸到我的背上，但只要不會影響陌羽，我就直接忽略。咬緊牙關、忍耐疼痛——我不斷向著「現在」前行。

——莫向陽。

或許是已超越極限，我的身後突然傳來了本應死去的陌雪聲音。

——莫向陽，本來追尋終點的你，究竟是為何而活呢？

「現在的我……是為了保護陌羽而活。」

——即使我希望你不要面對陽光，你依然想成為她的太陽嗎？

「我知道殺了妳的我沒資格這麼說。」

我握住滾燙的門把，即使手上傳來烤焦的聲音和氣味，我也不以為意。

「但是，我依然想讓她幸福。」

——那麼，我會助你一臂之力的。

彷彿被陌雪拉了一下，通往「過去通道」的門轟然敞開。
大量的風灌了進來，吹熄了我衣服上的火。
不可思議的，身體深處湧出了力量，就像是從沒受過傷一般。
我趕緊抱著陌羽，往「現在」奔馳而去。

——再見了，莫向陽。

我回過頭去。
在火中，我彷彿又看到了那抹雪白的身影，帶著純真無邪的笑容向我揮著手。
「再見了……陌雪。」
再見了，十年前的初戀。

❖ ❖ ❖

最終，我順利抵達了「時之館」外的庭院。
等到我踏上外頭的那刻，再也支撐不住的我倒了下去。
過了一會兒後，昏迷的陌羽緩緩甦醒過來。
「莫向陽……」
毫髮無傷的陌羽站在我面前，看著這樣的她，我不禁露出了笑容。
「太好了，妳沒事。」

「真是傻瓜……」

兩行淚水，緩緩地從陌羽的雙眼中流了出來。

「為了救我，你又變得如此遍體鱗傷。」

她將我的頭抱在懷中，眼淚不斷落在我的臉上。

「先是手指、再來是腳趾，現在連右眼都……」

「沒關係的。」

「怎麼可能沒關係。」

「只剩一隻眼睛能看到，總比什麼都不願意看還好。」

「……」

聽到我這麼說，陌羽眼中流出的淚水更多了。

彷彿被她的淚水撫慰，我感到身上的劇痛減輕不少。

此時，我發現了──

陌羽的眼睛正在漸漸變紅。

「陌羽，謝謝……」

「謝我什麼？」

「謝謝妳，讓我守護住了妳。」

十年前，我沒有救到陌雪。

是妳填補了我這份遺憾。

「因為有了妳，我終於可以從深陷的過去脫離而出。」

總是無法面對陽光的莫向陽，此時終於可以好好看著妳。
「所以，我想在最後說一次。」
我伸出顫抖的手，輕撫著陌羽的臉龐。
「我似乎喜歡上妳了。」
聽到我這麼說，陌羽的雙眼越來越紅、越來越紅。
「我一直以為，我是為了和陌雪的約定，所以才待在妳身邊的。」
但是這是錯的。
「被妳吸引的我，不知何時開始只注視妳一人。」
可愛侵略性——愛得越深，殺意也就越濃。
我知道我此時所做的事，會導向怎樣的結局。
但是，為了她，也是為了我——
我必須將自己的心意說出口。
「陌羽，我想給妳一般女孩子會有的幸福，想讓妳品嘗戀愛的滋味。」
即使面對完全進入「狀態」的陌羽，我依然無所畏懼地露出了笑容。
「我想要讓妳愛上他人。」
刀子揮了下來，發出了刺耳的破空聲。
我沒聽到陌羽的回答。
——噗！
取而代之的，我聽到了刀子刺進胸口的聲音。

終章之後

莫向陽死了。

躺在地上的他一動也不動，胸口處插著一把刀子。

「啊啊〜〜」

此時，樹叢晃動，一個人影走了出來。

「啊啊〜〜啊啊〜〜」

她一邊發出感嘆聲，一邊走到我——陌羽的面前說道：

「果然還是變成這樣了嗎？」

失去左手的司馬焰站在我面前，像是很失望似地深深嘆了口氣。

「虧我做了這麼多布置，結果最後還是壞結局呢。」

「司馬焰……不，『盲』，妳果然還活著呢。」

「那又如何？殺人凶手。」

「……」

「不只十年前殺了自己母親，現在就連愛著自己的人都殺死了嗎？」

司馬焰語帶諷刺地說道：

「真是個了不起的殺人鬼呢，甚至可以說超越陌雪了。」

「我不需要妳來評價我，妳殺的人比我多得多了。」

「殺的人多就是罪惡嗎？那麼妳的母親不就是罪無可赦的大惡人了？」

「若是可以選擇，她也不想殺人的。」

「那麼妳呢？」

「盲」指著我問道：

「妳殺死莫向陽，也是別無選擇嗎？」

「……」

「不過現在不管說什麼都沒用了。」

「盲」看著莫向陽，皺了皺眉說道：

「人一旦死了，就什麼都沒了，就算多麼想倒轉時空阻止悲劇發生，那都是不可能的一件事。」

「建造『時之館』的人，說這種話好嗎？」

「反正目的已經達成了。」

「盲」從懷中掏出了小刀。

「我只是想知道妳和莫向陽之間會走向怎樣的結局，而我現在已經見識到了。」

「妳現在想做什麼？」

「既然妳殺了莫大哥，那麼我也別無選擇了。」

「盲」露出了妖豔的笑容說道：

「我會傾盡一切力量，讓妳生不如死。」

一時之間，我和拿著小刀的「盲」對峙，兩個人都不發一語。

「……我一直覺得有些奇怪。」

「嗯？」

「妳真的有雙重人格嗎？」

「為什麼這麼問？」

「盲」並沒有正面回答我。

她這個態度，讓我更加肯定了自己的推理是對的。

「盲」撫著自己的胸膛說道：

「我是司馬焰，也是一直以來你們追尋的『盲』，這點我可以跟你們保證。」

「不僅如此吧？」

「嗯？」

「還有其他奇怪的地方。」

我指著躺在地上的莫向陽。

「若妳真的是『盲』，為何妳會這麼執著我和莫向陽呢？」

平樂園、闕梅學院，這兩個案件其實都是針對我們兩人而設計。

最後還大費周章建了一個「時之館」，將我和莫向陽認識的人全都牽扯進來。

「因為我喜歡莫大哥啊，執著他也是應該的吧。」

「你們在闕梅學院，不是才第一次見面嗎？」
「不能一見鍾情嗎？」
「盲」露出有如司馬焰的陽光笑容說道：
「對我來說，愛就要將自己全部奉上，所以我才花費無數的心思，造了這個舞臺送你們。」
雖然很難以置信。
但聽到此處，我大致明白她的目的是什麼了。
剩下的，只是釐清幾個問題而已。
「不是做為陌羽，而是做為殺人偵探，我最後有幾件事想請教。」
「還需要問什麼呢？有關『時之館』的疑點，不是已經全數釐清了嗎？」
她指著正在熊熊燃燒的「現在之館」說道：
「你們認知中的三個館，確實都位於『現在之館』內，靠著這個真相，你們順利地逃出生天，真可謂可喜可賀。」
「妳一貫的手法，是讓人刻意將目光聚焦在某處，然後再將真正的詭計藏在盲點中。」
我看著只有一個館在燃燒的「時之館」說道：
「這難道不就是妳希望我們專心注視的事物嗎？」
「喔？真是有趣。」
「盲」暫時將刀子收了起來。

「那麼妳說說看，還有什麼謎團未解的？」
「還有兩個。」
我用手指比了個「二」。
「第一個是，愛莉莎為何要以『這麼麻煩』的方式被殺害。」
「另一個呢？」
「第二個是司馬焰——也就是『盲』為何會一直處於失蹤狀態。」
「這兩個未解的疑點，有很重要嗎？」
「當然很重要，甚至可以說是最為關鍵的疑點了。」
「那麼，就讓我聽聽妳的高見吧。」
司馬焰露出了挑釁的笑容說道：
「不靠殺人推理的殺人偵探，究竟能做到怎樣的地步呢？」
「先從第一個疑點來吧。」
愛莉莎被砍斷左手，接著被膠帶層層捆住，綁在高處的十字架上。
「我一直對此很疑惑，愛莉莎的死因和第一起克拉命案相同，那麼，根本不用將其綁到十字架上吧？」
「這樣子的視覺效果比較強烈，加強『法則』的目的才能更有效的達成。」
「這或許是目的之一，但並非主要目的，妳是因為『迫不得已』的原因，所以才選擇了這樣的方式殺掉愛莉莎。」
「那麼，那個原因是什麼呢？」

「在解釋這個原因前，必須先說明第二個疑點。」

司馬焰消失了一大段時間，不管在哪兒都找不到她。

「這段時間中，妳人究竟在哪兒呢？」

「我在『時之館』中啊。」

「妳究竟扮成了誰，又是躲在何方？」

「我誰都沒扮，也沒有躲在任何地方。」

果然如此。

這才是真正的盲。

「我終於發現妳是誰了，『盲』。」

——「『盲』……可能不只一人……」

司馬封的遺言，原來是這個意思。

——「許多的『盲』合力製造了盲點……讓真正的『盲』躲在裡頭……」

當一個人說「盲」存在時，我們會存疑。

當兩個人說「盲」存在時，我們會相信。

當三個人說「盲」存在時，我們會深信不疑。

「其實——」

「『盲』這個人，打從一開始就不存在。」

所以，才會誰都找不到他，誰都無法知道他是誰。

因為自始至終就不存在的事物，本就無從被發現，也無法被發現。

「妳總是以司馬焰的身分出現，也是因為如此。」

我將聲音壓低說道：

「因為打從一開始，就『只有司馬焰一個人』。」

並不是「盲」扮成司馬焰。

而是「司馬焰」創造了「盲」。

妳不斷說妳看到了和妳長得一樣的「盲」，藉此製造了「盲存在」的假象。

「哪有這麼簡單就能誤導人。」

就像是聽到什麼可笑的事物，「盲」揮了揮手笑道：

「只憑我——也就是司馬焰的片面之詞，就能誤導大家，創造一個不存在的『盲』出來？」

「不是只有妳一個人在製造『盲』的假象而已。」

「不只我？」

「是的。」

我點了點頭後繼續說道：

「莫向陽、司馬封和愛莉莎，都在不自覺間成了妳的幫凶。」

「喔？」

「妳以司馬焰的外表，在他們面前表明自己是『盲』，藉此讓他們有了先入為主的觀念。」

而且命案給人的印象本就強烈無比。

妳藉著這些命案，讓目擊者留下了「盲其實存在」的心理暗示。

受這些命案影響，目擊者開始爭相轉告「盲」這個名字。

先是一個人看見了不存在的「盲」。

接著是第二人、第三人——

謠言不斷傳播，就像病毒擴散。

一旦所有人都看見不存在的「盲」，那「盲」的存在就不容質疑。

「俗話說得好，三人成虎。」

這是人類的天性。

即使天空什麼都沒有，但一旦大家都抬頭看向天空，所有人就會覺得天空其實存在著什麼。

「妳根本就沒有雙重人格，對吧？因為一切都是妳的自導自演。」

「…………」

司馬焰先是沉默一會兒後，單手一攤。

「沒錯，妳說對了，我並沒有雙重人格。」

她很爽快地坦承了一切。

「靠著不實的謠言和心理誘導，我創造了一個誰都抓不到的凶手——『盲』。」

「果然如此。」

誰能想到呢，一直以來追尋的天才犯罪家，其實根本就不存在於世。

「問題都解決，已經滿意了嗎？殺人偵探。」

「當然還沒。」

我搖了搖頭。

「我還沒說完呢。」

「……」

「我再說一次，妳一貫的手法，是讓我們看到妳準備的事物後，將真正的目的藏在視野盲區中。」

司馬焰創造了哪裡都不存在的「盲」——這就是她希望我們注視的真相。

「該現出真實的面目了吧？『盲』，不，或許我該這麼稱呼妳？」

就像是偵探指出最後的真凶，我大聲說道：

「陌家的專屬女僕、和莫向陽一同長大的存在，躲在司馬焰之後的盲點——」

「愛莉莎，妳才是真正的幕後黑手。」

❖ ❖ ❖

脫下假髮，「盲」變回了銀色頭髮。

脫下變色瞳，「盲」的眼睛變回了墨綠色。

「真是漂亮的推理，陌羽大小姐。」

「盲」面無表情地讚賞道：

「妳抵達了真正的終點，我確實就是真正的『盲』沒錯。」

司馬焰其實就等於愛莉莎。

這麼長的日子來，她一直在分飾兩角。

「現在換我提問了。」

愛莉莎微微歪著頭問道：

「我是哪裡露出了破綻，讓妳發現此事的呢？」

「其實線索有很多，先從最簡單直觀的部分說起吧。」

我指著她胸前的倒十字墜飾說道：

「妳們的身高相同，戴著的飾品也相同。」

真是神奇啊，只不過是髮型、打扮、服裝和說話方式不一樣，就給了人完全不同人的錯覺。

「這點我是故意的。」

就像是一瞬間變回了司馬焰，她咯咯笑道：

「故意露出些許破綻，讓大家更不容易聯想到我們是同一人。」

「是啊。」

完全洞悉人類的思考，製造盲點的天才。

「我們推出『盲』等於司馬焰是同一人的結論，是因為我們沒看過這兩人同時出現過，但仔細一想——」

「我們也沒有看過愛莉莎和司馬焰同時出現過吧？」

「沒錯。」

愛莉莎得意地笑道：

「但你們的注意力都放在司馬焰身上，於是無法想到此事。」

完美的事前布置，完成了這個如惡魔一般縝密的詭計。

「當然，我一開始也沒懷疑妳，真正讓我意識到不對勁的轉捩點，是在我聽到莫向陽轉述有關愛莉莎——也就是妳在『時之館』的命案。」

愛莉莎以非常詭異的方式死亡了。

和克拉一樣被砍掉左手，而且還被膠帶綁在高處。

「妳之所以必須以這種方式被殺害，是因為——」

「唯有用這種方式死亡，妳才能假死。」

在這個命案發生前，克拉被斬斷左手而死。

「受到前一個命案的影響，當莫向陽目睹妳的死亡現場時，他下意識地覺得妳已經死了，並沒有好好確認妳的生命徵象。」

用膠帶綁住愛莉莎，為的是隱藏底下已經包紮好的傷口。

位處高處，是讓人無暇好好確認是否真的已經死亡。

「真的有這麼簡單就能瞞過他嗎？」

「說簡單也沒多簡單，因為妳在事前透過很多方式給予他心理暗示，影響了他的認知和判斷。」

「比方說什麼？」

「比方說『法則』。」

——**「過去之人死，則現在之人死，接著重生於未來。」**

「看到小愛莉莎斷氣後，莫向陽因此覺得愛莉莎也已經死亡。」

因為上一個命案就是如此。

「妳犧牲那麼多人強化『法則』，其真正的目的是——不要讓人察覺妳其實並沒有被殺死。」

每一個命案都是有意義的，第一個命案是第二個命案的前置，而第二個命案則是第三個命案的煙霧彈，環環相扣的命案，其實以我們看不到的線連結在一塊兒。

「妳確實沒有扮成任何人，也沒有躲在任何地方。」

我們之所以一直找不到司馬焰和「盲」——

「是因為妳就掛在高處的十字架上。」

因為大家都以為愛莉莎已死，所以就會將她從認知中剔除。

又因為位處高處，大家不會沒事就抬頭看屍體，就算她的動作稍有異狀也不會發現。

她大膽地在大家上方，當幕後黑手操弄一切。

「所以，在這段時間中，司馬焰才會失蹤。」

因為妳和愛莉莎是同一人。

就算被發現的機率再低，妳還是必須裝作屍體，待在十字架上。

「當我解開這個謎團後，自然就能想到妳才是真正的『盲』。」

我彎下身子，將插在莫向陽胸口的刀子拔了起來，握在手中。

「至此，證明終了，妳還有什麼想說的嗎？」

一陣風吹過，拂起了我們兩人的頭髮。

愛莉莎以她招牌的面無表情，拉起裙襬說道：

「不愧是陌羽大小姐，完全被妳看穿了，請容我向妳表達敬意。」

不，真要說的話，還有一個謎團必須解決。

我緩緩張開口，想要解開最後的真相，但此時——

「讓我來吧。」

一道聲音阻止了我。

「陌羽，最後這個問題，讓我來問吧。」

莫向陽緩緩坐起身，面向了愛莉莎。

❖ ❖ ❖

「咦……？」

我——莫向陽面前的愛莉莎在看到我坐起身後，露出了驚訝的表情。

「你、你不是死了嗎？」

「啊，剛剛是假死啦，我們借用了妳使用過的方法。」

這是回報妳剛剛的計策。

「因為要是我們沒有這麼做，妳哪有可能被我們引出來。」

事實上，當事情發生的那刻，我也以為我要被陌羽殺死了。

但她的刀子在刺進我胸口後，僅停在了皮膚表層，連皮都沒劃破。

接著，雙眼依舊通紅的她在我耳邊，悄聲說了假死的計畫。

「多虧如此，我才能聽到如此精采的推理，以及發現真正的『盲』是誰。」

不知道是不是太過震驚，愛莉莎微微張著嘴，一句話都說不出來。

「我不知道該怎麼稱呼妳，但我想要叫妳愛莉莎。」

因為那是三個身分中，陪伴我最久的人。

「愛莉莎，這是最後的提問了。」

「妳的目的是什麼呢？」

費了如此大的心思，設計了「時之館」這個大舞臺。

至今為止，妳殺了不少人，最後連自己的左手都砍斷了。

妳想要的究竟是什麼呢？

聽到我這麼問，愛莉莎陷入沉默。

過了良久良久後，她緩緩開口說道：

「在哥哥跟我說，請我用『恨他』活下去後，我離開了家裡。」

「嗯。」

「但是，我的哥哥是特殊命案科的警官，精通各式槍械，各項武術也十分嫻熟，別說打倒他或是殺他了，只要他認真地逃，我想我一輩子都追不到他吧？」

事實上，司馬封還真的一次都沒被司馬焰抓到。

「我拚命思考怎麼辦、拚命思考該如何做，最後——

「我決定讓哥哥自己來找我。」

「…………」

「只要成為足以創造罪孽的大犯罪家，那哥哥遲早會出現在我面前。」

「所以……妳才創造了『盲』出來。」

「沒錯，只要靠著『盲』遮掩，就算是哥哥也想不到，他正在追的人其實是我吧。」

愛莉莎露出淺笑道：

「那麼，我一定能找到機會將他殺了。」

真是諷刺啊。

司馬封的話本是為了拯救自己妹妹，但這番好意最後卻化作了「盲」產生的燃料。

他一直在追的犯人，其實是他自己親手打造。

「為了成為犯罪家，我做了許多準備：研究人類心理學、學會化妝成另一人、靠著練習說出不同的聲音，以及——見證何為真正的犯罪。」

「所以，十六年前，妳才會在那邊嗎？」

在那個孩子們的地獄中，和我手牽著手看著這一切。

「是啊，不同於莫向陽你是被綁進去的——我是自願進去的。」

「……主動踏進那個煉獄中？」

「這對我來說同時也是個試煉，我想靠著自身所學，看有沒有辦法存活到最後，最終，我成功了。」

就像從司馬焰這個蛹羽化成蝶，天才犯罪家「盲」因而誕生。

「但是，這還是沒解釋妳為何如此執著於莫向陽和我。」

陌羽提出疑問道：

「化作『盲』的妳，確實成為了司馬封追逐的目標，最後也以『時之館』計策殺了他，但我們兩人又跟妳有什麼關係呢？」

「我不是說過了嗎？我對莫向陽一見鍾情。」

「……只有如此？」

「當然，不只如此而已。」

愛莉莎看著自己的手說道：

「一直以來，我都想知道什麼是人類的愛，什麼又是人類的恨。」

我想起十六年前，愛莉莎對我提出過的疑問。

——「真正的愛和恨在何方呢？」

「為了一個屠殺家人的犯罪者，我必須恨上哥哥，必須傾盡一切人生的努力殺了親人。那麼，我究竟是愛著哥哥還是恨著他呢？我究竟該感謝當初的犯罪者還是埋怨他呢？」

愛莉莎跟我一樣，早就壞掉了。

但我沒想到的是，她損壞的時間比我想的還早得多。

「對愛和恨之間的界線，我越來越感到混亂，我想看到真正的愛和恨，但是我不知道該怎樣做，於是在不斷思考後，我決定了之後的方向——

「我要竭盡全力的愛人和恨人。」

又是一陣風吹來，揚起愛莉莎的銀髮。

「九歲的我在莫向陽身上，嗅到了同類的味道。」

就像我看到她一樣，她也同時注視到了我。

「於是，我決定盡全力愛著莫向陽。」

「為何呢？」

「因為若是他最後發現了真正的愛——

「那就表示我也能找到吧。」

「…………」

「即使不擇手段、即使殺掉其他人，我也要以我的辦法，讓莫向陽找到幸福。」

愛莉莎將其未實現的遺憾灌到了我身上，將我視作了她的代行者。

「所以，我才這麼執著你們兩人。」

「該不會，妳創造『時之館』的目的其實是——」

「沒錯。」

愛莉莎輕輕點了點頭後說道：

「我想讓陌羽大小姐明白，即使進入『狀態』，她也不會將你殺掉；也想讓莫向陽明白，你已經可以不用再閃避她了。」

所以，她設計了時之館和這些命案。

為的就是把我和陌羽逼入極限狀態，讓我們看見彼此的真實樣貌。

「之前我所主導的那些命案，不過都是我最後計策的事前練習罷了。」

「……殺了這麼多人，犧牲了這麼多人命，這些都只是練習？」

「沒錯，這些都只是『時之館』事件的前置和鋪陳。」

愛莉莎墨綠色的瞳孔看向我們兩人：

「我希望能藉『時之館』事件讓你們明白，你們停滯的關係已經可以開始前行了。」

「不過……就為了這個？」

「是的，就只為了這個而已。」

在驚訝無比的我和陌羽面前，愛莉莉不斷述說她的努力。

「『盲』靠著設計命案賺錢，同時開始研究人心，想盡辦法在最後靠著『時之館』將你們兩人逼入絕境。

「司馬焰在闕梅學院事件中，藉著殘缺姬讓陌羽想起十年前的事。

「愛莉莎將莫向陽帶到『時之館』，想盡辦法讓他重新振作起來。」

看著面前的愛莉莎，我感到一陣暈眩。

「不管是哪個人，我們都有著共同的目的。」

愛莉莎、司馬焰和「盲」同時指著我說道：

「那就是盡全力愛著莫向陽，讓其發現真正的愛。」

──「我愛人的方式扭曲，恨人的方式也一樣不正常，我就是個有缺損的人類。」

不管是誰，不管做了什麼，都是為了愛著我。

她說得沒錯。

她愛人的方式扭曲，恨人的方式也一樣不正常。

我在感謝她的同時，也不禁打了個寒顫。

「妳說妳愛著莫向陽，殺了那麼多人，不過是為了發展我和莫向陽的關係。」

陌羽提出疑問道：

「但是，妳就沒有想過靠自己讓莫向陽幸福嗎？」

「沒有。」

愛莉莎搖了搖頭說道：

「因為我不曾愛過人，也不懂何為愛人。」

「…………」

「兩個故障品站在一起，誰都無法修復誰。」

——**「壞掉的東西不管怎麼修，都無法改變它曾壞掉的事實。」**

「而且，莫向陽一直以來注視的人，也不是我。」

因為將彼此視為同類，所以別說看著她了，我甚至會刻意閃躲她。

看著愛莉莎有些悲傷的笑容，我不禁雙拳緊握了起來。

「那麼，若是我最後無法控制自己怎麼辦？」

陌羽問道：

「若是妳的計策失敗，莫向陽就是因妳而死，這樣也沒關係嗎？」

「當然沒關係啊。」

愛莉莎面無表情地說道：

「因為那就表示，我永遠找不到真正的愛。」

「……」

「而且，我付出無數心血促成了他的死亡，這某方面也是愛他的展現，我並沒有違背自己的誓言。」

愛莉莎有如綠寶石的雙眼看向了我說道：

「我竭盡全力愛了他，也盡全力恨他了。」

至此，所有疑點全數清算完畢。

雖然我心中那複雜的心情，可能要好一陣子才會平復吧。

「那麼……最後妳找到了嗎？」

看著這樣的愛莉莎，陌羽忍不住開口問道：

「經過『時之館』的事件後，妳找到了想要的事物了嗎？真正的愛以及真正的恨。」

「這個嘛……」

愛莉莎面無表情地思索一會兒後，露出司馬焰的盛大笑容說道：

「我找到了，但也沒找到。」

「什麼意思？」

「人類可以因愛拚命守護一個人，也可以因恨殺死一個人——就像妳和莫向陽。」

「嗯。」

「人類可以因恨拚命守著一個人，也可以因愛殺死一個人——就像我和哥哥一般。」

以司馬焰的笑容拉起裙襬，「盲」以愛莉莎的方式行了個禮。

「我還是搞不懂什麼是真正的愛和恨，但我想只要一直看著你們，我遲早會找到這個問題的答案吧。」

「因為，即使你們愛著對方——你們依然有可能在哪天將彼此給殺了。」

「…………」

「若是一輩子都沒有殺掉對方，那或許就表示這是真正的愛吧。」

愛莉莎揮了揮手，乾脆地轉身離開。

「我會拚命活著，直到見證結局的那天到來。」

對著她離去的背影，我忍不住伸出了手。

不過，我一句挽留的話都說不出口。

就像看著過去的自己漸去漸遠，最終愛莉莎的蹤影消失在了我們的視野中。

自那天起，「盲」就消失了，再也沒有出現在任何人面前。

後日談

「右眼還痛嗎？莫向陽。」

陌羽輕撫著我的右眼，柔聲問道。

「已經不會痛了，妳不用擔心。」

從「時之館」出來後，我馬上被陌羽送到了醫院。

右眼重傷，全身上下都有大範圍燒傷，導致我最終住了三個月的院，甚至一度在生死關頭徘徊。

雖然最後總算康復了，但我還是因此永遠失去右眼了。

「今天天氣不錯，要不要去院子散散步？」

「好啊。」

我跟陌羽牽起了手，在院子中走著。

自從「時之館」事件後，我們在「歿」過著平靜又滿足的日常生活。

我用僅存的左眼看向身旁的陌羽，或許是我牽著她的關係，她的雙眼變得一片通紅。

不過經過「盲」設計的事件後，我們明白即使進入到最深的「狀態」中，陌羽也不會殺掉我。

所以——

「嘿嘿……」

陌羽抱住我的左手，將身體倚在我的身上。

「陌羽……這樣很難走。」

「沒關係，你如果跌倒，我會扶住你的。」

「不是這個問題……」

算了，隨她吧。

可能是壓抑了十六年，現在的陌羽就像變了一個人似的，變得非常愛撒嬌。

「嗚～～喵～～」

陌羽的頭不斷在我手臂上磨蹭，同時發出奇怪的聲音。

好吧，可能變得有點太愛撒嬌了，但那又有什麼關係呢？

我和陌雪一直以來的祈願實現了。

即使雙眼如血一般通紅，但她依然成了一個普通女孩子。

而且也學會愛上他人這件事了。

❖　❖　❖

「妳泡的茶還是如此好喝。」

我一邊喝著陌羽泡的茶，一邊大肆稱讚。
「你要是喜歡的話，我每天泡個『一桶』給你。」
「不，這有點太多了……」
「放心，別擔心喝不完。」
陌羽拍著胸膛，得意地說道：「我隔天會擺出新的一桶來。」
「不，所以說問題根本沒解決啊。」
總覺得陌羽的智商正在極速下降中。身為偵探的設定呢？
「天氣真好呢。」
我們兩人坐在「歿」的陽臺處，一邊喝著茶一邊眺望遠方的美景。
「有一件事，我一直想跟莫向陽說。」
「嗯？怎麼了？這麼慎重其事的樣子。」
「小莫向陽不是我殺的。」
「……」
「雖然知道他只是『盲』準備的棋子，但他可是長得和過去的你一樣，我怎麼可能下得了手呢。」
不過當時的我，就是覺得因為是小莫向陽，所以陌羽才會想殺他。
但現在這話就別說了吧。
「說完十年前的過往後，小莫向陽突然拿起刀子自殺了，我根本來不及阻止他。」
「那也不是妳的錯，別放在心上。」

「不過經過『時之館』事件的刺激後，我十年前的記憶也因此完全復甦。」

「嗯。」

事到如今，那也不算什麼。

反正小莫向陽已經把所有事情都跟陌羽說了。

豈料陌羽接著說的話，完全出乎我的預料。

「十年前，殺死陌雪的人並不是我。」

「嗯嗯，其實並不是妳——咦咦！」

——砰！

我手中的茶杯就這樣因為驚訝過度落到了地上，摔成了碎片。

「啊，玻璃碎片交給我來處理吧，你的眼睛不方便，我怕你被劃傷——」

「這不重要！」

我趕緊抓住陌羽的肩膀追問道：

「陌羽，妳剛說不是妳殺了陌雪，這是怎麼回事？」

「十年前，我拿著刀子刺向她，但陌雪一個閃身後，馬上就奪走了我的刀子。」

「那……那她最後是怎麼死的？」

「她也是自殺而死。」

陌羽指著自己的腹部說道：

「她將刀子刺進自己的腹部，自殺了。」

「自殺……？」

過於衝擊的真相，讓我全身有些無力，就這樣癱坐在椅子中。
「陌雪自殺後，將我抱在懷中，要我好好看著臨死前的她。」
「為什麼？」
「莫向陽，你認為『可愛侵略性』是什麼呢？」
「無法發洩的愛會轉成破壞的衝動，是一種常見的人類心理狀態。」
「沒錯，這其實是所有人都會有的心理反應，那為何大家不會因衝動傷害自己所愛的事物呢？」
「因為理智會阻止我們。」
「『不想傷害他』、『不忍心看他痛苦的樣子』——諸如此類的想法，會轉化成抑制『可愛侵略性』的力量，讓一般人即使陷入狀態，也不至於傷害珍愛的事物。」
但是陌家的女子少了這樣的抑制力，所以他們愛得越深，殺意也就跟著越深。
「陌雪之所以自殺，是因為不想陷入『狀態』後，一不小心殺了我和你。」
「原來如此……」
最後，陌雪終究還是戰勝了本能，沒有因為詛咒而殺害自己的家人。
「那麼，她為何要妳好好看著她臨死前的模樣？」
「刀刺進腹部後，並不會馬上死去。」
一直以來，陌羽提起陌雪時，就像是在說另一個陌生人。
此時，我首度看到陌羽露出了心痛的表情。
「她以這樣的方式自殺，是因為想要留下些許和我獨處的時光。」

「……」

「而且，她也想以她的性命向我證明一件事，那就是——

「我們陌家的詛咒，是可以用愛克服的。」

即使最後抱著陌羽，她也沒將她殺了。

這是身為母親的陌雪，贈與陌羽的遺物和禮物。

「因為陌雪並不是馬上死亡，所以『盲』才會知道十年前的一切，也才能利用這點設計『時之館』的事件。」

本應只有我和陌雪知道十年前的事，為何愛莉莎會知曉呢？

「想必是臨死前的陌雪，將一切告訴了趕來救援的愛莉莎吧。」

「原來如此。」

要是能早點察覺此事，我們或許就能更早發現愛莉莎是「盲」的事實。

「所以，希望你記住一件很重要的事。」

陌羽露出特屬於她的恬靜微笑說道：

「雖然背負著詛咒，雖然以殺人進行辦案，但我這輩子其實一個人都沒殺——」

「——這都是多虧了莫向陽你的保護。」

糟糕，有點想哭。

我趕緊用手摀住嘴巴，抑制住這股鼻酸。

「不過說到愛莉莎，她今天送來了一個包裹喔。」

我趕緊轉移話題說道：

「妳看過了嗎？覺得怎樣？」

愛莉莎的包裹內，裝著一個小小的隨身碟。

隨身碟裡頭，只有一個檔案，檔名是「莫向陽的未來」。

當我用電腦打開後，液晶螢幕上現出了我和陌羽兩人。

「雖然只有背影就是了。」

因為沒有正面，所以並不知道那是不是十年後的我和陌羽。

但是那兩個背影，似乎比現在的我們都成熟了一些。

「這大概是她送來的禮物吧。」

螢幕中的我和陌羽各自穿著西裝和新娘禮服，一同牽著手向前邁進。

「我想，她大概是想跟我們說——『我們未來會很幸福的』。」

真是個古怪的人。

就像很多東西混到了一起。

我甚至連該愛還是該恨她都不知道。

「莫向陽，你大概沒在晚上十二點之後打開那檔案吧。」

「嗯？什麼時間點打開有差嗎？」

「當然有。」

陌羽嘴巴鼓了起來，有些不開心地說道：

「若是在十二點後打開檔案，走在你旁邊的人就會變成愛莉莎，而且她還對著螢幕，開心的比了個『ＹＡ』。」

「……」

真是個難搞的傢伙。

「等著瞧吧。」

陌羽握起小小的拳頭，對著遠方的天空喊道：

「根本輪不到妳出場的！莫向陽是我的——！」

「……」

身為當事人的我聽到這個宣言，也只能臉紅的轉開視線。

看來難搞的人，並不只愛莉莎一人呢。

「對了，莫向陽，還有一事。」

「……還有啊？」

該不會又要爆出什麼驚人的內幕了吧？

「身為偵探，本就該將所有謎團破除。」

「還有什麼未解的謎團嗎？」

「我想，這大概是最後的真相了。」

陌羽指著我說道：「你大概一直誤會了自己名字的含意。」

「我誤會了什麼？」

莫向陽——不要面向太陽。

「也只能這樣解釋了吧。」

「如果是親密的兩人，根本就不會用全名稱呼對方吧。」

「嗯……？」

「當你有了想要珍惜的對象，而對方也想以同等心意回報你時，她不是就會這樣叫你嗎？」

陌羽坐到我身邊，將頭輕輕倚到了我的肩上。

「向陽。」

「……」

「面對陽光吧，向陽。」

「…………」

「我相信媽媽之所以取這個名字，一定是希望終有一天，會出現一個人能這麼稱呼你。」

眼淚在眼眶中打滾，要是不握拳忍耐，我想我就會當場哭出來吧。

「向陽，其實根本不用愛莉莎設計『時之館』事件，我也能知道即使進入『狀態』再深，我也不會將你殺掉。」

「……為何呢？」

「因為早在許久許久以前……

「我就已經愛上了你啊。」

「…………………………」

「即使共同度過這麼久的時光，我也沒有因為這股愛而殺掉你，這不就證明我其實可以壓抑詛咒嗎？」

「嗯、嗯……」

泣不成聲的我，什麼話都說不出來。

「愛得越深，殺意越濃，但對我來說，傷害你的心痛比什麼都巨大。」

雙眼通紅的陌羽，對我輕聲說出了最後的真相。

「所以，我感謝我身上的詛咒。

「因為它讓我知道，我比自己想得還要愛你。」

（完）

後記

大家好，我是小鹿。

照慣例，最後一集的後記會正經點，要是期待搞笑後記的人，歡迎去看我下本新作。

整部書都在亂來，我也不知道為何變成這樣。

不過在交代近況前，有一些《推殺》的細節，因為故事節奏和篇幅的關係，無法在書裡頭解釋，只好以補充的方式放在後記中。

要是沒看過本篇的人，還請看完之後，再看後半段的後記喔。

一、闕梅學院中後半段謎團，其實有著不合理的部分。

其實這邊就埋下了司馬焰和「盲」是同一人的伏筆。

在後半段的故事中，殘缺姬消失了三十秒，然後瞬間出現在路程五分鐘外的地方。

書中寫的解釋是「三人詭計」，「盲」趁看守的司馬焰沒注意到時，扮成殘缺姬，將被關著的殘缺姬替換走，使其自由行動。

但其實這是不可能的。

因為殘缺姬的雙手是缺損的，「盲」不可能假扮成殘缺姬而不被發現。

這邊的合理解釋只有一個，那就是司馬焰就是「盲」。

有興趣的讀者可以回去翻翻看這段。

二、要怎麼做才能殺死司馬封呢？

他被從牆壁突出的鐵錐刺死，凶手確實是司馬焰沒錯。

不過司馬焰是怎麼做到的呢？

雖然「過去之館」和「未來之館」都在「現在之館」內，但隔著兩道牆壁，司馬焰要怎麼精準地刺穿司馬封的心臟呢？

司馬焰是這麼做的。

首先，升起餐桌上的螢幕，吸引所有人注意。

為了看清螢幕中的人是誰，大家必定會集中到螢幕前方，這就完成了人員的誘導和站位。

從「未來之館」的牆壁多數由玻璃構成，但其實這個螢幕後方的牆壁是魔術鏡，可以從「過去之館」，單方面地看到「未來之館」的景象。
只要拆下「過去之館」的特定木板，其實就能清楚地看見「未來之館」。
等大家站定位後，剩下要做的，就只是瞄準後將鐵錐刺出去而已。
不斷藉著殺人強化的「法則」，某方面也是為了這個命案做準備。
因為只要螢幕升起來，所有人就會聚到司馬焰能狙殺的地點。

三、愛莉莎是怎麼知道「時之館」內所有人的談話內容和行動的？

那些「未來之人」，都是由愛莉莎躲在背後操弄。
那麼那些只有當事人才知道的資訊從何而來呢？
其實發給大家的ＩＤ卡上都有竊聽器，另外「時之館」各處都有微型攝影機。

四、「過去之人」為何會甘願為愛莉莎而死？

因為他們從小就被教育，唯有真正的死亡，才能在「未來」永遠留存。
時之館的法則，其實早就深深印在這些「過去之人」的心中。

❖　❖　❖

好的，該補充的都補充完了。
再來談談這系列吧。

國家圖書館出版品預行編目資料

推理要在殺人後 / 小鹿作. -- 1版. -- [臺北市]：
尖端出版：家庭傳媒城邦分公司發行,
2019. 12-
冊； 公分
ISBN 978-957-10-8519-7 (第3冊：平裝)

857.7　　108002129

原創浮文字

推理要在殺人後3

著　　者／小鹿
執 行 長／陳君平
協　　理／洪琇菁
執行編輯／呂尚燁
企劃宣傳／陳品萱
文字校對／施亞蒨
封面插畫／迷子燒
榮譽發行人／黃鎮隆
國際版權／黃令歡、梁名儀
美術編輯／李政儀
內文排版／謝青秀

出　　版／城邦文化事業股份有限公司 尖端出版
台北市中山區民生東路二段一四一號十樓
電話：（〇二）二五〇〇－七六〇〇
傳真：（〇二）二五〇〇－二六八三
E-mail：7novels@mail2.spp.com.tw

發　　行／英屬蓋曼群島商家庭傳媒股份有限公司城邦分公司　尖端出版
台北市中山區民生東路二段一四一號十樓
電話：（〇二）二五〇〇－七六〇〇（代表號）
傳真：（〇二）二五〇〇－一九七九

中彰投以北經銷／楨彥有限公司（含宜花東）
電話：（〇二）八九一九－三三六九
傳真：（〇二）八九一四－五五二四

雲嘉經銷／智豐圖書有限公司　嘉義公司
電話：（〇五）二三三－三八五二
傳真：（〇二）二三三－三八六三

南部經銷／智豐圖書有限公司　高雄公司
電話：（〇七）三七三－〇〇七九
傳真：（〇七）三七三－〇〇八七

一代匯集／香港九龍旺角塘尾道六十四號龍駒企業大廈十樓B&D室
電話：（八五二）二七八三－八一〇二
傳真：（八五二）二五八二－一五二九
E-mail：hkcite@biznetvigator.com

新馬經銷／城邦（馬新）出版集團Cite（M）Sdn. Bhd.
E-mail：cite@cite.com.my

法律顧問／王子文律師　元禾法律事務所
台北市羅斯福路三段三十七號十五樓

二〇一九年十二月一版一刷
二〇二三年四月一版二刷

■中文版■

郵購注意事項：
1.填妥劃撥單資料：帳號：50003021戶名：英屬蓋曼群島商家庭傳媒(股)公司城邦分公司。2.通信欄內註明訂購書名與冊數。3.劃撥金額低於500元，請加附掛號郵資50元。如劃撥日起 10～14日，仍未收到書時，請洽劃撥組。劃撥專線TEL：(03)312-4212 ・ FAX：(03)322-4621。E-mail：marketing@spp.com.tw